夏乃実
illust.
麦うさぎ
1
煽り系ゲーム配信者（20歳）
配信の切り忘れにより
いい人バレする。

もちづき・すずは
望月涼羽
柚乃の幼馴染であり、
同じ高校に通っている。
春斗に褒めてもらう目的もあり、
成績はかなり良い。

「ま、まあ……」
「えっと、あの、じゃあ春斗さんのシャツの裾……握っても……よ、よかです……？」

しらゆき・あや
白雪綾
春斗の妹。
クラスメイトにからかわれないために
隠しているがブラコン。
なかやま・ゆの
中山柚乃
プロゲーマー兼VTuberと
大学進学のために地方か
上京したが、方言が抜けき

煽り系ゲーム配信者（20歳）、配信の切り忘れによりいい人バレする。 1

夏乃実

OVERLAP

LIVE

Contents

illustration 麦うさぎ

——ドドドドドン。バンバンバン。

ＰＣから激しい銃声が流れる一室で、ABEX《エベックス》というゲームを配信している男がいた。

「お、右から二つの足音。ザコ登場でぇす！」

その男は敵の足音を聞いた瞬間、配信に煽《あお》りを乗せながらスライディングを挟んで障害物に体を隠し、有利なポジションを取ったところでプレイヤーと対面する。

２対１の撃ち合い。

人数不利の対面だが、この状況をものともしない男は、『有利なポジションを取らなくてもよかったのでは？』なんて思ってしまうほどの動きを見せる。

先頭にいた敵をヘッドショットでダウンさせれば、武器を入れ替えながら踊るようなキャラコントロールを披露し、後方にいる敵からの銃弾を回避。

そして敵の弾薬が切れかけていることを感覚で判断すると、一気に距離を詰めて、最後の一人にトドメを刺す。

途端に流れるのは、敵を殲滅《せんめつ》したことを告げる効果音。

この戦場には、先ほどまでなかった静けさが訪れる。

「よしよ〜し」

この男に緊張の声はない。呑気《のんき》な声を出す男は、倒した敵のアイテムを漁《あさ》りながら——。

「はあい、アイテム運搬おちゅかれで〜す。一から出直してくださいねえ」

倒した敵の上で素早い屈伸を始める。これをすることになんの意味もない。ただの煽り行為だが、これこそがこの男が配信している『鬼《おに》ちゃん』のウリ。

個人でチャンネル登録者数10万人を達成した武器。

いつもの煽りが披露され、1500人が視聴中のコメント欄は大きく流れ出す。

【仕上がってんね】と240円の投げ銭。

【ナイス!】と1000円の投げ銭。

【マジで上手《うま》すぎ!】と2000円の投げ銭。

また、通常のコメントも増える。

【イライラするわ。誰でもいいからコイツ倒せよ】

【マジで胸糞《むなくそ》悪い。こんなことする意味がわからん。普通にやれよ】

【本当それな】

【屈伸速すぎワロタ。慣れすぎやろ】

【いいぞ、もっとやれ!】

賛否両論のコメントが流れるのは日常茶飯事。

煽るという悪い行為をエンターテインメントとして行っているのだから当然であり、本人も自覚した上でやっている。

結果、ABEX界隈《かいわい》で一番の低評価数を叩《たた》き出している男だが、倒されることを期待するアンチをも視聴させる配信内容であるだけに、多くの視聴者を獲得していた。

「さてと、このまま1位を取って今日はやめますわ。勝ち逃げさせてもらいますわ」

と、試合途中で堂々と優勝宣言した男は、本当に敵から倒されることはなかった。

煽りながら有言実行をすることに成功する。

『CHAMPION《チャンピオン》』の文字を画面に写しながら、得意げに喋《しゃべ》るのだ。

「まあいつも通りすねぇ。もっと手加減すれば敵も楽しめたかなあ？　あ、投げ銭あざーす」

【こんなやつに金投げんなよ】

【負けた方が面白かったぞ】

【凄《すご》すぎ！　マジで勝ってやんの】

【煽らなければ楽しめるんだけどなぁ……】

【やっぱり上手すぎよな】

その男は、たくさんのコメントに目を通しながら締めに入る。

「はい。てなわけで宣言通り終わるわ。ご視聴あざした。お疲れーす」

【乙】

【お疲れ！】

【もう1試合やらないか!?】

【さっさとやめろ】

【まあ楽しめたわ】

簡単な挨拶を終え、マウスを動かしてコメント欄をオフにすると、PCをスリープモードにして画面を真っ暗にする。

慣れた作業であるばかりに、配信が終わったと油断をしたばかりに、この男は一つ、肝心な工程をすっ飛ばしていた。

配信を切るという行為を……。

さらにはマイクをオフにし忘れるという痛恨のミスまでも犯していた……。

当然ながら、視聴者はこの男の生活音が聞こえる状態。

こうなっていることなど知る由もない男は、配信が全て切れていると勘違いしている男は、当たり前に素を出すことになる。

「はあ……。今日は結構煽っちゃったな……。煽られたことを気にしないプレイヤーだといいけど……」

先ほどまで配信していた男とは似ても似つかぬ口調、声。

【え？　この声って鬼ちゃん？　なんか全然違くね？】

【なんかのネタ？】

【おーい！　マイク切れてないぞ！　誰か教えてやれ！】

【教えなくていいだろ。こんなやつ】

【やべ、めっちゃワクワクしてきた……】

未《いま》だ視聴を続ける者の考えることは同じ。

――放送事故になるかもしれない。

今現在、実況中よりも盛り上がっていることなど知らない男は、この呟《つぶや》きだけではなく、取り返しのつかないものを配信に乗せてしまうのだ。

『コンコン』と部屋のドアを叩くノック音。次に女の子の声。

「お兄ちゃん、お部屋入っていい？　配信終わったよね？」

「あ、うん。いいよ」

その男のゲーム部屋に入ってきたのは、お盆にご飯を載せて運んできた妹である。

「あっ、ご飯持ってきてくれたんだ。ありがとうね」

「まったくもう。私がご飯作ってたのにゲームを優先して。そんなことするならもうご飯作ってあげないんだからね」

「ご、ごめん。反省してるよ。あはは……」

この男が使用しているマイクは高性能なもの。この仲良さげな兄妹《きょうだい》の会話は、鮮明に視聴者に届いている。

【おいおい！　鬼ちゃんに妹いるのかよ!!】

【妹の声可愛《かわい》くねえか!?】

【声がタイプすぎる】

JAGAIMO

【ご飯作ってくれる妹とか最高じゃねえか！】

【妹が可哀想《かわいそう》だわー。こんなのが兄とか】

【もしかしてお兄ちゃんって呼ばれてるから、チャンネル名を鬼ちゃんにしてる？】

【妹のことが大好きなんちゃう？（笑）】

この男のチャンネル視聴者の男女比は９：１。

女の子の声が入ったことでコメント欄はさらに盛り上がる。それはまるで、祭りが開催されたかのよう。

「反省してるって言うけどずっと改善しないままじゃん。それにまた変なことをお相手さんにして。私のお部屋にも聞こえてるんだからね。『ザコ～』とか、『バカ～』とか言ってるの」

【妹ちゃんの煽りが可愛すぎるw】

【マジでいい声してる】

【鬼ちゃんがプレイして、煽りを妹にしてもろて】

【だな、それでいい】

二人の知らないところでコメントは流れ続けている。

また兄がゲーム実況をしているとは知っている妹だが、運営しているチャンネルまでは知らない。

その点を最大限利用してしらばっくれる男だが、放送事故になっている今、その行動は仇《あだ》になる。

「そ、それは気のせいじゃない？　俺はそんなこと言わないし」

「ふーん。ここに台本があるくせによく言うよ。ほら、『煽り文句一覧』って」

「ち、ちょちょちょ！　それ取るのダメだって！」

「お兄ちゃんが言い訳するからでしょー」

ご飯をデスクに置く妹は、セロハンテープで貼られた台本の紙を奪った後、ジト目を作っていた。

本来ならば微笑《ほほえ》ましい日常であるが、音声がネットに流れている今、完全な放送事故である。

【え？　嘘《うそ》だろ。鬼ちゃん人を煽るのに台本用意してんの？】

【めっちゃ律儀（笑）】

【俺らを楽しませようと頑張ってくれてたんやな】

【ってか、妹ちゃん可愛すぎなんだが】

【妹と配信代われ！】

【これから妹出せ！】

【もうお前はいらん。妹でいい】

裏話が暴露され、コメント欄がさらに盛り上がりを見せる中、二人の会話はまだまだ続く。

「お兄ちゃんが私のためにお金稼いでくれることは本当に嬉《うれ》しいけど、もっと普通にしたらいいのに……。お兄ちゃんはそんな性格じゃないんだから」

「ま、まあ……。視聴者さんが増えたのはこっちに舵《かじ》を切ったからだし、今さら配信スタイルを変えたら視聴者さんが減っちゃうでしょ？　そうなったら収入の問題も出てくるし」

「でも、全員が見なくなるわけじゃないでしょ？　それに私もバイトしてるから大丈夫だよ」

「確かに生活は大丈夫だろうけど、ゆーを進学させられるのか、させられないのかは変わってくるわけだし」

「べ、別に私は大学に行きたいわけじゃないし……」

「はい嘘つき。って、そんな心配しなくていいよ、本当。内容はアレだけど配信は楽しくできてるからさ。たくさんのコメントもいただけてるし」

プライベートの生々しい会話。

どうして鬼ちゃんが煽るようなことをするのか、その理由がこの会話によって明かされる。

【マジでこれヤバいって。個人情報出てるって】

【てかコイツ、実はめっちゃいいヤツなんじゃね？】

【コメントをいただけてるって敬語かよ（笑）】

【視聴者のこともさんづけ】

【この兄貴ええな】

【それ思った】

次々に鬼ちゃんの素を悟っていく視聴者。この時、鬼ちゃんを攻撃する者は誰もいない。

『いい兄貴』『いいヤツ』そんな褒めのコメントで統一されていた。

「それなら……わかった」

「うんうん」

「じゃあ今度一緒にご飯食べに行こう？　頑張ってるお兄ちゃんを労《ねぎら》ってあげる」

「お！　それならお言葉に甘えて」

「お兄ちゃんのお休みって土曜日だよね？」

「うん、週6でバイトだから」

「じゃあ土曜日の夕方に行こ？　私は午後までバイトがあるから、そのあとに」

「了解。本当にありがとね」

途切れることのない会話。それを聞く度に、鬼ちゃんの印象はグングンと良い方向に伸びていく。

【この会話からするに鬼ちゃんってご両親いないのかな……】

【週6のバイトと配信で生活を支えてるのか。コイツ凄《すげ》えな】

【妹を進学させるためにも、だもんな】

【大学に進学ってことは妹さん高校生っぽいし、鬼ちゃんってかなり若いんじゃね？】

【もうこれから普通に見られねえんだが】

【てか鬼ちゃんマジのビジネス煽《あお》りだったのかよw】

家庭環境を知ってのコメントが並ぶ中、妹はとあることに触れる。

「ね、お兄ちゃん。お部屋に入った時から気になってることがあるんだけど」

「なに？」

「さっきからスマホがずっと振動してるけど、通知がたくさんきてるんじゃない？」

「ああ。配信が終わったからTwitto《ツイット》で感想を届けてくれてるんだと思う」

「こんなに鳴ってるのって初めてじゃない？」

「ああ、確かにそう言われてみれば……」

妹の言葉が、放送事故を知らせる決定打となる。

男がスマホを手に取れば、その通知欄にはこの文言が連なっていたのだから。

『マイク切り忘れてる！』

『マイク切れてないよ！』

『放送事故してるぞ！』

『妹との会話聞こえてる』

——と。

「……」

「お、お兄ちゃん？　どしたの？　なんだか顔が真っ青だけど」

「いや、なんでもないよ。……うん、本当に。え、えっとそれで、あ、あのさ？　ちょっと俺は編集するからもうちょっと部屋に残るね。ご飯本当にありがと」

「はーい。それじゃあ私は学校あるからお先に寝るね。お兄ちゃんも早く休んでよ？」

「う、うん。おやすみ」

「おやすみ、お兄ちゃん」

そんな挨拶が終わり、ガチャとドアが閉まる。

妹の足音が遠ざかっていくのを確認した男は、ＰＣのスリープモードを解除する。

それから再びコメント欄を表示させて――。

「えっと、その、なんて言うか、本当にすみませ……じゃなくって、あの、その……お前らみたいなバカは今のがネタだってことにも気づかねえか」

取り繕っても遅い。もう何もかも遅い。

【なわけあるか（笑）】

【スイッチの切り替えワロス】

【妹の邪魔にならないように小声だしｗ】

【誤魔化し下手すぎや……。声も全然違うやんか】

【いい人バレ乙】

【おやすみお兄ちゃん！】

【次、どんな感じで配信するか楽しみやわ】

滝のようにコメントが流れていく。

「えっと、とりあえずこれ拡散したヤツら許さんからな。約束してよ本当。じゃ、終わる」

男は投げやりにそう言い残し、逃げるようにシャットダウンを行う。

『拡散するな』と警告した男だが、この約束を守る視聴者はいない。そもそも守る道理がないのだから。

その日、Twitto《ツイット》にはトレンド入りしていた。『放送事故』の4文字が。

切り抜きも当たり前に上がった。

まとめのサイトにも取り上げられた。

【煽り系配信者、まさかの台本用意しててワロタ】などのタイトルで。

今日という日の話題を大きく掻《か》っ攫《さら》った鬼ちゃんの認知度は、今回の件でさらに上がった。誤解も解けた。印象もよくなった。

この一件でチャンネル登録者数は4万も増え、15万人に膨れ上がっていた鬼ちゃんだった。

「マズい。これは本当にマズい……」

放送事故を起こした翌日、寝起きの朝8時。

『鬼ちゃん』こと中山春斗《なかやまはると》は、茶の髪を触りながらPCモニターに釘付《くぎづ》けになっていた。

眉間にシワを寄せ、真っ青な顔で冷や汗を流していた。

恐る恐る開いたTwitto《ツイット》には、全てに目を通すことができないほど大量のメッセージが届いていたのだ。

そのメッセージの主な内容は、今回の放送事故について。

『お兄ちゅわぁ～ん。妹の作ったご飯はちゃんと食べなちゃいよお～?』

『優しいお兄ちゃんだったんでしゅねえ～!!』

『お前の妹を嫁にもらっても構わないか?』

『妹ちゃん次も出してくれな!』

今までプレイヤーを煽ってきたツケが回ってきたかのように、煽り口調で。

一応、配信の感想もある。『昨日の配信も面白かったです』と。

しかし、その嬉しい感想が霞《かす》むほど春斗をオモチャにするメッセージが積もりに積もっているのだ。

「うぅぁ……」

　頭を抱える。言葉が出ず、ネットの怖さを改めて思い知る。本当に重大なミスを犯してしまったのだと改めて実感する。

　春斗の場合、煽りをエンターテインメントとして取り入れていたのだ。

　自業自得。そのことわざをなぞるように、普通の配信者よりも大きく拡散されるのは当然のこと。

「はあ。これは本当にヤバい。次はどう配信すればいいんだ……本当。活動休止するわけにはいかないのに……」

　今回の件で休止を選ぶようなことをすれば、収入は大きく減ってしまう。

　そうなってしまえば、妹の大学費用を貯《た》めることができず、行きたがっている大学にも通わせられなくなってしまう。

　そんなことは絶対にさせられない。絶対に避けなければならないこと。

　すでに他界してしまった両親の代わりになって、妹の生活や将来をしっかり支えてやりたい。それが春斗の強い想《おも》いなのだ。

「ま、まずは落ち着け、落ち着け。昨日の配信は削除したし、炎上してるのはＳＮＳだけかもしれないし、こっちに影響が出てなければまだ希望は……」

　深呼吸を挟みながら自身を宥《なだ》め、収入源のサイトであるMouTubeを開き、今までに投稿した動画を確認する。

今回の件でチャンネル登録者数が4万人も増え、高評価数も増加していることに気づかないのは、それほど追い詰められている証左。

鼓動を速めながらコメント欄までマウスを動かすと――。

「お、おいおい……」

そこには煽り系配信者にとって最悪な光景が広がっていた。

【コイツ、マジで胸糞《むなくそ》なんだけど。煽るなよクソが】

アンチ――いや、思って当然のコメントに対し、【コイツは妹ちゃんのために頑張ってんだ。黙ってろ】なんて擁護する視聴者のコメント。

それだけではない。

最新のコメントを表示させれば、【この人はビジネス煽りをしています。勘違いしないようにしましょう】なんて注意書きをしている者までいる。

擁護の文章は事実。確かに事実を伝えているが、煽りをウリにしてきた鬼ちゃんにとって、これは営業妨害をされているようなもの。

首を絞められているといっても過言ではない。

「……」

こちらの願望はただ一つ。放送事故を起こす前と同じスタイルを続け、一定の再生回数と収入を得ること。

この放送事故を機にコンセプトを変えるようなことをしても今さらだ。

今まで見てくれていた視聴者は困惑し、離れてしまうのだから。

再生回数は収入が大きく関わってくる分、素を出すというような冒険はできるはずがない。

「と、とりあえずバイトに行く前に弁明的な配信しないとだよな……。先延ばしにすればするだけ活動がしづらくなるのは間違いないし、こんな状態じゃバイトにも集中できないだろうし……」

これは自分が蒔《ま》いてしまった種。自分で刈り取らなければならないこと。

逃げるようなことをすれば、配信者活動は終わりである。

「一旦朝ご飯の準備しよう……。配信の内容を考えながら……」

気が重いながらもゲーム部屋からリビングに移動しようとしたところで春斗は初めて時計を確認する。

8時10分。妹の柚乃《ゆの》はもう学校に行っている時間である。

「え、もうこんな時間なの!?　はあぁ……。見送りもできてないじゃん……」

放送事故を起こした不安から、昨日はなかなか寝つくことができなかった。その結果、普段より1時間30分も寝坊してしまっていた。

アラームにすら気づかなかったのは、それだけ心がやられていたのだろう。

「放送事故をして、ゆーの声もネットに乗せて、情けないなぁ……本当」

何度目のため息だろうか、肩を落としながらリビングに歩みを進めていく。

「あ……」

そしてリビングのドアを開けた瞬間、テーブルの上にラップされたおかずと、畳まれた一枚の手紙を発見する。

すり足でテーブルに近づいた春斗は、手紙をすぐに確認した。

『おはよ、寝坊兄ぃ。ご飯は作ってあるからチンして食べてね。もし食べてなかったらゲンコツだから。それじゃ、学校に行ってきます。今日も頑張ろうね』

気持ちが伝わるようにするためか、わざわざ手書きで。

女子らしい丸っこい字で書かれた手紙を最後まで読みきり——。

「あ、あはは……。もう、ゆーったら」

苦笑いを漏らし、真顔に戻る。

「そうだね……。俺も頑張るよ」

今の状況にはピッタリの言葉だろう。

握り拳を作る春斗は、奮起するように一人返事をするのだった。

朝食を摂《と》り終え、洗濯物を干した後。

【昨日の件について】とのタイトルで配信の10時の予約枠を取った春斗は、ゲーム部屋で黙想をしながら心の準備を整えていた。

「はあ。い、いよいよか……」

追い込まれているからか、すでに緊張しているからか、気づけば配信開始まで残り3分を切っていた。

「この段階で1200人待機って多すぎだって……」

平日の10時。この時間にこれだけの視聴待機者が集まっているのは、このチャンネルでは異例中の異例。初めてのこと。

それだけ放送事故の影響が出ているのは言うまでもない。

「頑張れ。俺、頑張れ……」

ドクンドクンと体に響く鼓動。

口から心臓が飛び出しそうなほどの緊張に包まれながら迎えた10時。

春斗、いや……鬼ちゃんは震える声を配信に乗せた。

「お、おう。配信始まったか。まず……おはようさん、お前ら」

予定時間通りに挨拶をすれば、コメント欄には【w】の文字が連なっていく。それだけではない。

【おはようお兄ちゃん！】

【お兄ちゃんの配信待ってたよ！】

【お前らそんなからかうなって（笑）】

【鬼ちゃん泣いちゃうぞ！　あ、お兄ちゃんか】

【声震えてるやん！】

煽《あお》り、からかいのコメントも普段以上に並ぶ。

視聴者は面白がっているのだろうが、この流れには救われる。

『放送事故の件を早く話せ』なんて本題をいきなり書かれるよりも、冗談や軽口を書かれる方が何十倍もマシなのだ。

このようなクッションがあるおかげで、緊張を少しほぐすことができるのだから。

「あ、あのさお前ら。とりあえず鬼ちゃんって呼べ、マジで。……え？　鬼ちゃんの由来？　べ、別にそんなのどうでもいいじゃねえか。……は？　お兄ちゃんって呼ばれてるからじゃねえし」

矢継ぎ早《ばや》に質問を飛ばされることはわかっていた。だが、この質問は予想していなかったもの。

思わず口ごもってしまう。

【図星やん（笑）】

【なんでコイツ誤魔化すのこんなに下手なんw】

【だから台本があったんやろうなぁ】

【もう素出していいぞ！　お前もその方が楽やろ】

冷静な気持ちがあれば、目についたコメントをそのまま拾うことはなかっただろう。取捨選択していただろう。

だが、今は目につくコメントというものに縋《すが》りつかなければ、無言になってしまう。お通夜のような空気になってしまう。

今回の弁明配信において、それはNG。

あくまで『別になんの問題もないけど？　なんも効いてませんけど？　ははぁん』なんていつもと変わらぬスタンスで、次回の配信に繋《つな》げることこそ大事なのだ。

「……あ、今のうちに言っとくけど、今日はゲーム配信しないからな。短い配信になるけど、タイトル通り昨日の件を話すだけだから」

先延ばしにすればするほど視聴者は入ってくるだろう。墓穴を掘る可能性もある。早々に本題に触れることにする。

「ってかさ、まず文句言わせろ。なんでお前ら昨日の件、拡散しやがったの？　マジで。拡散しないって約束しただろ。まとめサイトにも取り上げられるわ、トレンド入りするわ、努力する方向を考えてくれよ」

【約束してないよ！】

【なんのことー？】

【普段から煽ってるからそうなるんだよ】

【評判上がる方の炎上だから別によくね!?】

責め立てるが、なにも効いていないのが鬼ちゃんの視聴者である。

「まあこの配信以降、昨日の件はもう触れないからな。ってか、お兄ちゃんとか連投してる視聴者はマジでふざけんな。お前らの兄貴じゃねえわ」

【コイツキレたぞ（笑）】

【妹にしか呼ばれたくないんだろうな……】

【そもそも放送事故の弁明は無理だってw】

【あれはもう仕方ない。割り切るしかないよ、お兄ちゃん】

普段から行っている視聴者との喧嘩《けんか》。このおかげで少しずついつもの調子を取り戻していく。

「あのさ、今回の件で俺が優しいとか、見直したとかいろいろ言ってるヤツいるけど、俺そんな偉い人間じゃねえから。そんなヤツなら人を煽るような行動するわけねえの。……あ？　妹を養うためだから偉い？　バカか、大切な家族なんだから養うのは当たり前だろ」

配信を盛り上げる目的でもなく、ネタでもなく、本心からスラスラと出た言葉。

それは当然ながら視聴者に伝わる。

【おいおーい。いい兄貴感出てるぞー】

【コイツは本当になんなんだよ（笑）】

【弁明したいのかもうわかんねえな！】

【こんなお兄ちゃんなら欲しいなあ】

途端に濁流のごとく流れていくコメント欄。

速すぎて見ることができなかった鬼ちゃんは、一度コメントを止めて目についた質問に答える。

「ん？　今日の配信は投げ銭オンにしないのって？……いや、これ弁明の枠だからお前らを楽しませるつもりないし、すぐ配信やめるからオフにしてるだけな。こんなことで大切なお金はもらえないよ」

【今、素出たよな？】

【最後の方は出てたな。放送事故後の声だわ】

【俺たちのこと妹だと勘違いしてるんじゃね w】

【てか、よくこの調子で煽りキャラ頑張ってたな……。あ、台本書いてたのか】

その通りである。台本がなければ、視聴者を騙《だま》すことはできなかっただろう。

「え？　チャンネル登録者15万人おめでとうって？　いや、そんなに登録されてねえよ。俺はまだ10万人な。10万人でも多いけどな」

【いや、増えてるぞ】

【あの件で5万人も増えた】

【見てねえのか……】

【多分、昨日はそのままふて寝したんじゃね？】

「……え？　お前らマジ？　そんなに増えてるの？　さすがに嘘《うそ》でしょ」

同じようなコメントが並び、嘘だと思いつつも確認する。

「……は!?　ガチじゃん。あ、待って……ちょっとミュートするわ」

【ぷっ、なんなんこれマジで（笑）】

【ミュートって！】

【もう素でいいよもう】

【喜ぶ声出せよ！】

「う、うるせえ。黙ってろ」

煽りの鬼ちゃん、あの放送事故の一件で、煽られる立場になってしまう。素の人間性、優しいが故の単純さがバレてしまう。

最初は10分程度で終わらせるはずだった配信が、無駄なやり取りを増やしてしまったせいで30分も続いてしまう。

「……まあ、昨日はいろいろあったけど配信スタイルはこのままでいくから。そもそもこっちが素だし、これは真面目な話な」

【素で攻めていいと思うけど、妹の学費を稼ぐためには仕方ねえのかなあ？】

【スタイル変えると再生回数とか増えなくなる可能性もあるもんねえ。鬼ちゃんが言ってたけど】

【これからもゴリゴリに煽ってくれ。その度に放送事故の動画見直すわ】

【煽りはほどほどにな～。応援してるぞ】

「……いや、俺なんかにいきなり優しくすんなよ。……う、うん。まあ、これで配信終わるわ。次からは普通にゲーム配信するから、時間があるやつは見てくれ」

【乙】

【またお兄ちゃん煽りに行くわ！】

【俺も！】

【体に気をつけてな～】

最後は温かなコメントで締められる。

春斗《はると》は先にマイクを切り、昨日のミスを犯さないように配信を切ったことを3回も確認。

そして、大きく息を吐き出す。

「はあー。よかった……！　本当によかったー！　なんかめっちゃマヌケなところ出た気もするけど、なんとか切り抜けられたぞぉぉ……!!」

椅子に座りながらガッツポーズを繰り返す。収入源を守れた嬉《うれ》しさは尋常ではなかった。

「さ、さて……。チャンネル登録者をもっと増やすために頑張らなきゃな……」

今日のバイトは15時から。

この時間まで春斗がするのは、配信以外の仕事。MouTube投稿用のプレイ動画のストックを溜《た》めること。

すぐにABEXを起動させ、録画を始める。

配信はせずに、プライベートですることでより真剣に。

チャンピオンが取れなかったとしても、その試合でいいプレイが撮れたら、切り抜きで採用することもできる。

プレイすればするだけ、投稿用のストックが溜まっていくのだ。

そんな録画をしながらABEXをプレイすること約1時間。

「……ん!?」

唐突に驚きの声を上げる春斗は、PCに顔を近づけていた。

戦闘前の味方プレイヤーが表示される画面に、見覚えのあるIDがあったのだ。

『Ac_Ayaya』と。

「こ、このID……本物じゃない!?　いやぁ、久々だなぁ……」

今回マッチングした味方は一般プレイヤーではない。

プロゲーミングチーム、Axcis《アクシズ》 crown《クラウン》に所属しているだけではなく、チャンネル登録者数30万人を超える女性VTuberなのだ。

「こ、これは頑張らないとな……。撮れ高のチャンスだ……」

拳を合わせて気合を入れる春斗はまだ知らない。Ayayaが配信中であることを。

それだけではなく、向こうの画面にも『Oni_chan』のIDが表示され、コメント欄は大きな盛り上がりを見せていることを。

春斗とAyayaは初絡みではない。

以前もこのように偶然味方としてマッチングし、軽くやり取りをしたことのある相手なのだ。

§

「ぷっ、あははっ、みんな見て！　まさかの鬼ちゃん出てきたっちゃけど、これ本物で合っとるよね!?　本物ならばり心強いねえ！」

味方が表示された画面を見て、プロゲーマー兼VTuberのAyayaは３２００人の視聴者の誰よりも早く反応していた。

生まれ育った地域の方言を出し、それはもう楽しそうな笑顔を配信に乗せていた。

【さすがに偽者じゃね？】
【でも最上位ランクのマッチングだから、本物の可能性ありそう】
【本物っぽいぞこれ。ＩＤが同じやで】
【弁明配信やめてすぐゲーム始めてたのかよアイツ（笑）】

昨日、放送事故を起こし、今日は弁明配信を行っていたゲストに盛り上がるコメント欄。

以前の鬼ちゃんならばこのように歓迎されることは絶対になかっただろう。アンチのコメントで溢《あふ》れていただろう。

しかし、あの放送事故をキッカケに鬼ちゃんの家庭環境や、煽る理由を知る人が増えたのだ。

今ではネタキャラのような人物に変わり、配信者のAyayaもこの話題に便乗する。

「ちなみにうちもちゃんと見たよ、鬼ちゃんの放送事故。いいお兄ちゃんが滲《にじ》み出とったよね」

【それ触れると怒られるぞw】

【まあ、確かに滲み出てたけれども！】

【やべー、この試合マジでワクワクする】

【鬼ちゃんと喋《しゃべ》ってほしいなぁ】

コメント欄と一緒に楽しむAyayaだが、ここで素っ頓狂な声を出す。

「あれっ？　鬼ちゃんのメインキャラって特攻タイプのオクトンよね？　今回支援タイプのジープ使っとーよ？」

このゲームにはキャラそれぞれに能力があり、チームで同じキャラを使用することはできない。

つまりチーム内での早い者勝ち、もしくは譲り合いによってキャラを選択するようなシステムになっているのだが――。

『なぜメインキャラを選ばなかったのか』の疑問にいち早く答える視聴者がいた。

【譲ったんじゃない？　Ayayaのメインキャラもオクトンだから】

【ジープでサポートしようとしてるとか？　あの鬼ちゃんだし】

【さすがにAyayaのメインキャラくらい知ってるだろうしね】

そのコメントをすぐに拾ったAyayaは納得した声を上げる。

「あっ、あーね！　確かにうちに気を遣ってくれたっぽい。みんなもそう思わん？」

【思う】

【リアルお兄ちゃんだから、なにかと譲る精神がついてそう】

【兄と姉は基本そんな感じやわ】

【確かに】

促しに対し、コメントの多くが賛同していた。

中には『不慣れなキャラで迷惑かけようとしてる』なんて否定を示すものもあるが、かなりの少数派。

Ayayaは少数派の意見に左右されずに、思い出し笑いをしながら言うのだ。

「アレで優しいお兄ちゃん出とったけんねー、この鬼ちゃん。それじゃあご厚意に甘えて……っと」

と、ここでキャラの選択時間が終わる。

ゲーム内の音楽が切り替わると、Ayayaはプロゲーマーらしく集中のスイッチを入れるように声色を変化させるのだ。

「さて、せっかくだから激戦区の近くも避けちゃおっか」

チームが全滅した場合、その時点でゲーム終了。

この立ち回りは運に左右されないもので、鬼ちゃんとのプレイ時間を延ばし、視聴者を楽しませるという目的もある。

そして3、2、1、0のカウントダウンで試合《マッチ》開始。

プレイヤー全員が乗る飛行船が大きなマップを一直線に進む中、降りる位置をマークし、意思疎通を図って味方と一緒に飛び出す。

その降下中、敵が近くにいないことを素早く確認したAyayaは、『よし！』と笑みを浮かべる。

Ayayaはこの状況を望んでいたのだ。

「ね、みんなここから注目だよ！　これが本物の鬼ちゃんなら、絶対アレをしてくるはずやけん」

付近に敵はいない。つまり、安全に物資を漁《あさ》れるということ。

配信者をチェックしているAyayaは知っているのだ。鬼ちゃんがプロ顔負けの索敵能力を持っていることを。

あちらもこの状況に気づくことができているならば、持ち前の武器を挨拶代わりに必ず見せてくるはず。

そんなフラグを立て、味方と共に地上に着地した瞬間だった。

『Oni_chan』は期待通りの行動を取ったのだ。

その場から歩き出すことなくAyayaに体を向けると、『どもども』と伝えるように超素早い屈伸運動を。

「ぷっ、あははっ、これ本物確定！」

煽《あお》り慣れているからこそできる芸当。

それだけではない――。

「痛っ!?……ちょ」

『バシン』と鈍い音がスピーカーから響く。

『本物に決まってるだろ』なんて伝えるかのようにAyayaが使用するオクトンを殴った鬼ちゃんは、ピンポンダッシュをしたかのように素早く逃げていく。

そして、そのまま物資漁りに向かった。

こんなことができる配信者はただ一人であり、その場に取り残されるAyayaは、殴られたショックを演出するようにキャラの視点を下に向ける。

これも周りが安全だからこそできること。

「み、みんな見た!?　あのバカたんうち殴ったって!」

味方から殴られてもダメージを受けるわけではないが、これは迷惑行為の代表的な行動である。

【バカたんはウケる。許してあげて!】

【マジで最低なことするなー(棒)】

【キャラ作り頑張ってるなあ鬼ちゃん】

【Ayayaも楽しんでんじゃんw】

図星のコメントが流れる。

「ぷっ!　ふふっ、もー集中できんって!」

鬼ちゃんの背景を知っているからこそ、先ほどの行為が面白いものに変わってしまう。

ツボに入って笑っているAyayaに、ここで鬼ちゃんから怒りのチャットが届く。

『oi《おい》　hayaku《はやく》　asarankai《漁らんかい》　Ayayasan《あややさん》』

「ひー！　あははっ、もうダメ。お腹《なか》っ痛いから！」

強い口調であるにもかかわらず、最後は『さん』をつけた丁寧な言葉。

コメント欄は笑いを示す【草】が大量に流れる。

「で、でもそうやね。早く漁らんと敵来るけんね。ぷふっ」

笑いを堪《こら》えながら、ようやくキャラを動かすAyayaは建物の中に入って物資を集めていく。

視聴者を飽きさせないように、目に留まったコメントを読みながら。

「Ayayaと鬼ちゃんは初対面に見えないけど、仲良いのって？　あー、鬼ちゃんとは配信外で偶然マッチングしたことがあるっちゃん。それからフレンドさんやね」

【えっ!?　そうなん!?】

【意外やわ！】

【その時に配信してくれたら絶対見てたわ！　てか見たすぎる】

【仕事サボってでも見る価値あるよな！】

冗談か本気かわからないコメントも流れる。

「あ、でもその時の鬼ちゃん普通にプレイしよったよ？　あの名前やけん、録画中でしたらご迷惑おかけしてすみません、って個人メッセージもくれたくらいで」

【もうそれめちゃくちゃ常識人ですやんw】

【堂々と営業妨害していくねえ！】

【鬼ちゃんに殴られた復讐《ふくしゅう》か!?】

【裏の顔バラされてるやん（笑）】

「あ、今のなし！　確かに営業妨害やんね!?　今のは取り消し!!　聞かなかったことに!!」

【もう遅いわ！】

【なんか鬼ちゃんと同じようなことしてんな（笑）】

【鬼ちゃんの印象がどんどん変わっていく……】

【Ayayaの言うことだから本当なんだろうな】

コメントの指摘に焦るAyayaは、次なる話題をすぐに拾って尾を引かないようにする。

【Ayaya！　鬼ちゃんと絡みがあるなら喋ってほしい！】

「んー。喋るに関しては難しいっちゃんねぇ……。偶然マッチングした場合やと、配信の邪魔にならないようにお互い干渉しないように！　みたいな暗黙のルールがあるけん」

配信者ならではの意見を述べるAyayaに、コメント欄は大きく動いていく。

【鬼ちゃんは配信してないよ！】

【あっちは配信してない！】

【配信してないんか⁉　これはもしかして……】

【突然のコラボある⁉】

知らない情報はこのようにして得られる。

「え、鬼ちゃん配信してないと⁉　じゃあ……みんながいいなら許可取ってみる？　アンケート出すけん投票お願い」

慣れた手つきで『いいよ！』or『だめ！』のアンケートを表示させ、数十秒間の投票を視聴者に行わせる。

その結果――『いいよ！』がまさかの9割に達する。

【みんな鬼ちゃん大好きかよw】

【なんでこんなに人気なの（笑）】

【ヤバすぎだろ！】

【圧倒的で草】

「おっ！　それじゃあ聞いてみるね。あと無理強いするのはうちやけん、断られても鬼ちゃんに文句なしよ？」

そうして丁寧なリスクヘッジを入れたAyayaは、ゲームチャットを使って伝えるのだ。

『鬼ちゃん、今VC《ボイスチャット》できたりすると？』と、普段通りの距離の詰め方で。

∮

　Ayayaにパンチを食らわせた後のこと。

『oi《おい》 hayaku《はやく》 asarankai《漁らんかい》』のチャットを打った鬼ちゃんは――。

「怒ってないよね？　Ayayaさん……」

　投稿動画を作るために画面録画中の今、録画していることを忘れているかのように弱々しく、不安そうな声を漏らしていた。

　当然である。

　彼女と一緒にゲームをプレイするのは、今回が2回目なのだから。たった2回目なのだから。

　一応フレンドになっているものの、簡単なメールのやり取りをした程度。お世辞にも仲が良いとは言えない。

　そんな相手に迷惑行為であるパンチと、乱暴な口調のメッセージを届けたのだから。

「で、でも、このくらいアピールしとかないとキャラを保てないしな……」

　あの配信事故は、『鬼ちゃん』として活動していく上で本当に致命的なミスだった。弁明配信のおかげでなんとか生きながらえることができたものの、そのミスが帳消しになるわけではない。

　そんな失敗を誤魔化すには、新たに爪痕を残す以外にない。

　鬼ちゃんには一つ狙いがあったのだ。

ネタでもなんでも構わない。

『パンチされた』や『煽られた』なんて拡散を彼女がしてくれたら……と。

願わくば、配信中だったら……と。

どちらかが叶《かな》えば、煽りキャラとして復活しやすいのだから。

「これも配信者として生き残るため……」

この業界は、視聴者から興味を失われた瞬間に収入が減る厳しい世界。それでいて、入れ替わりの激しい世界でもある。

家族のための収入源を失うわけにはいかないからこそ、誰よりも必死に現状を打開しようとするのは当たり前のこと。

「Ayayaさんには悪いけど、タイミングを見てあと1回くらい殴ってみようかな……」

拡散してもらうには一度だけでは足りないのかもしれない。そんな捨て身の覚悟を決めて物資をどんどん漁っていた時、チャットが届いた。

『鬼ちゃん、今VC《ボイスチャット》できたりすると?』と、利用しようとしていたAyayaから。

「……え？　あ、あのAyayaさんからVCの誘い……!?」

首をぐっと伸ばし、画面に顔を近づけて読む。

読み間違いがないように、二度も三度も。

なかなか呑《の》み込めないのは、相手がチャンネル登録者数30万人を超える大物であり、格上の配信者だから。

しかも、先ほど迷惑行為をしたのにもかかわらず、フレンドリーな誘いを受けたのだから。

予想もしていなかった状況に困惑しかないが、プロからお誘いされるというのはまたとない機会であり——内緒にしているが、同じオクトン使いとして尊敬してもいる。

「こ、こんなフレンドリーにされたら、失礼な行動なんてもう取れないって……。VCの誘いができるってことは、向こうも配信外ってことか」

煽りという題材を扱っているだけに、鬼ちゃんは同じABEX配信者から煙たがられている存在。

誰も近寄ってこないため、配信者を集めたカジュアルの大会に招待されたこともない。コラボの誘いすらきたことがない。

そんな人間でも知っている。

『偶然マッチングしても、仕事の邪魔にならないようにお互い干渉しないように』なんて暗黙のルールがあることを。

このルールを彼女が守っていないということは、こちらが配信していないことを調べ、彼女もまた配信を行わずにプライベートでゲームをしているのだろう。

鬼ちゃんのチャンネルを調べ、配信外であることを確認してから誘いのチャットをしたのだと。

「向こうもプライベートなら取り繕う必要はない……か。二人《デュオ》だから味方もAyayaさんだけだし」

一時は失礼な行動を取ったが、それはAyayaが配信している可能性があり、その視聴者に『鬼ちゃん』のキャラを見せつけるため。

その狙いが叶わないとなれば、取り繕う意味もない。

気持ちを切り替えた鬼ちゃんは、素でチャットを返した。

『hai《はい》 dekimasu《できます》!!』

レスポンスが遅くならないように、ローマ字のままで。

『本当!? じゃあ喋《しゃべ》ろ!』

コミュ力オバケとして名が通っているAyayaは話を取りつけると、手をブンブン振っているような元気な声ですぐにVCで話しかけてくる。

「おーい、鬼ちゃーん! 聞こえるー?」

こちらもVCをオンにする。

「あっ、はい! お久しぶりですAyayaさん。この前は本当にありがとうございました。メールでもお伝えしましたが、一緒にプレイすることができて光栄でした」

しっかりと返事をして、まずはお礼を伝える。

「……」

「あ、すみません。こちらの声は聞こえてないですかね?」

「う、ううん。聞こえてるっちゃけど……ごめん鬼ちゃん。今うち配信中やけん……ね?」

「へ？」

　完全にプライベートだと思っていた。プライベートだと疑っていなかったからこそ、頭が真っ白になる。

　もし鬼ちゃんが顔出し配信をしていたのなら、鳩《はと》が豆鉄砲を食ったような顔をネットに晒《さら》していただろう。

「あ、ぉ、おう。そうか。配信中か……。まあ、知ってたからいいわ。ちょっとまあ、今のネタだし」

【絶対わかってなかっただろ（笑）】

【配信してるか調べればよかった……って思ってるやろうな、今】

【口調めちゃ変わってるやん】

【頑張ってスイッチ切り替えたなぁ】

　この苦しい言い訳にAyayaのコメント欄はツッコミの嵐である。

　どのようなコメントが流れているか知る由もない鬼ちゃんは、口調を変えたまま心に引っ掛かっていることを問うのだ。

「……あ、あのさ？　配信中に俺なんかと絡んで大丈夫なわけ？　そっちの配信荒れてねえの？　荒れてるだろ？」

「ううん！　全然!!　それどころか鬼ちゃんと喋ってってコメントがばり多かったとよ」

「そ、そう？　まあ荒れてねえならいいけど……」

普段から賛否両論の配信スタイルで戦っている鬼ちゃんなのだ。

自身の立ち位置を知っているからこそ、批判や批評が別の配信者に飛び火しないように、というのは一番に気を遣っていること。

どんな形であれ、巻き添えにはしたくないのだ。

「……あ、あぁ、話変わるけど、Ayayaって R-301 使うよな？」

「うんうん！　よく知っとうね!?」

「ま、まあ……。ここに落ちてるからマークしとくわ」

「ありがとー！って、鬼ちゃんは使わんと？　少し前に R-301 強《っ》ええええーって言いながら悪さしとる切り抜き見たよ？」

「あ、いや……俺はもう拾ってるから」

「本当!?　それなら拾うね！　鬼ちゃんの近くにおるけん」

「はいよ。って、早」

後ろを振り返れば、Ayaya が使うオクトンが高速ダッシュで走ってきていた。

ここですれ違うように入れ替わるが――「ん？」との声を出すのだ。

「あれ、鬼ちゃん本当に R-301 持っとる？」

「ッ、いや持ってるし」

聞かれた途端、彼女から距離を取るように逃げる。

「本当？　うちの目にはショットガンとピストルに見えたっちゃけど」

「持ってるって本当に……」

背負った武器を正しく確認したその動体視力に驚きながら、さっさと逃げる。

「じゃあちょっと背中見せて？」

「嫌。見せる暇ないし。って、追いかけてくるな！」

「なんで！　確かめたいと！」

「そんな暇ないから早く漁《あさ》れ……って、足音！　右通路！」

「えっ!?」

この瞬間、両開きのドアを開けて敵が一人飛び出してきた。

Ayayaとは距離が空いていたことで、『足音は一つ、敵も一人！』と勘違いしたのだろう。

唐突に銃撃戦が始まるが、障害物のない場所で1対2の有利対面。さらにこちらは近接に強いショットガンを持っている。

体力を4割減らされたが、彼女の援護射撃もあって余裕を持って敵をダウンさせることができた。

「ナイスカバー。助かったよ。この敵さんキャラコントロール本当上手《うま》かったなぁ……」

「もう一人敵さんいるよね、絶対」

「いるだろうけど、一旦逃げるのはどう？　出待ちして有利ポジション取ってる可能性もあるし」

「おけ！　それもそうやね！」

このようにプロを納得させられるのは、鬼ちゃんも同等の知識を持っているから。

「あ、でもうちの物資ヤバたん」

「もー。最初の方で放置するから。倒した敵もあんまり物資持ってないぞ？　どこかから逃げてきた感じだし」

「ご、ごめんなさいー！」

「欲しい物資は？」

「回復！」

「はい、じゃあこれ二つ。俺が体力削られなければもう少し渡せたんだけど、そこは悪《わり》い」

謝りながらポンポンと回復アイテムを床に落とす。

「全然全然っ！　相手さんの体力ばり減らしてくれたの鬼ちゃんやけん！って、こげんもらっていいと!?」

「俺一つ持ってるから。あ、でも俺の方が下手だし、1個返してもらった方がバランス的にはいいか」

「ううん、気持ちは大事にせんとやけん全部もらう！」

「ちょ、コラ盗むな！　拾うの早すぎだろ」

「盗んだわけじゃないったい！　あ、敵さん後ろ」

「はっ!?」

気が緩んだところで残りの一人と接近。すぐに後ろを振り返って数発打ち込んだ鬼ちゃんと、Ayaya の銃弾によって撃破される。

「お！　ヘッドショットかなり入った！」

「そんな簡単に言うことじゃなくね……」

頭は敵に一番にダメージを与えられる箇所だが、一番当てづらい箇所でもある。

偶然当たった可能性もあるが、この敵の撃破スピードから計算するにある程度は狙って当てた可能性の方が高いだろう。

「やっぱり上手すぎるわ。プロは凄《すご》いな、本当」

「えへへ、ありがと！　じゃあ移動しよ？」

「了解」

鬼ちゃんはもうキャラが崩壊しまくっていた。

尊敬している相手と一緒にプレイできていることで、Ayaya が配信していることすら半ば忘れていた。

この態度が変わることはなく、二人は3試合の1時間を遊び尽くしたのだ。

「じゃあ俺はそろそろ落ちるわ。ちょっとバイト《私用》があるけんさ」

「え？」

「私用があるって」

「そうじゃなくって、今うちの方言移っとったよね」

「……なに言ってるんだか。気のせいだろ」

1対1なら誤魔化せただろう。しかし、彼女にはたくさんの視聴者がついている。

「移ってたぞ！ってコメントいっぱい届いとるよ？　お兄ちゃん」

「うるせ。ってかお兄ちゃんって言うなマジで！　あの件忘れてもらえなくなるから」

「ごめーん！　ふふっ」

「わ、わかったならいいけど。じゃ、そろそろ時間ヤバいからまたな。今日は楽しかったわ」

「うちも！　時間が空いたらまた一緒にやろっ！」

「はいよ。その時はよろしく」

軽く挨拶をしてゲームを終了させる。

それからはプロゲーマーのAyayaと楽しんだ余韻に浸りながら、バイトの準備をテキパキと進めるのだ。

「今日はめっちゃいい日だな～」

なんて、鼻歌を刻みながら。

幕間一

2時間が経《た》ち、鬼ちゃんこと春斗《はると》がバイト先のブックカフェで働き始めた後のこと。

SNS、Twitto《ツイット》には『Ayaya鬼ちゃん』の文字がトレンド入りする事態になっていた。

その枠をタップすると、詳しい詳細が出てくる。

Axcis crown所属のプロゲーマー、Ayayaと鬼ちゃんが偶然マッチングし、コラボをしたと。

トレンド入りするほど話題になるのは不思議なことではないだろう。

数々のABEX大会に参加していることで知名度が高く、ファンも多いAyayaと、数々の煽《あお》り行為をしていることでアンチも多く、放送事故まで起こした鬼ちゃん。

そんな異色の二人がコラボしたのだから。

トレンド入りした大きな要因は、このインパクトの大きさと……Ayayaの配信動画を切り抜き、上手に編集した動画を作った人物がいて、ツイットに投稿したこと。

【煽りの鬼ちゃん、Ayayaに優しすぎる（笑）】とのタイトルで——。

『……あ、あぁ、話変わるけど、Ayayaって R-301使うよな？』

『うんうん！　よく知っとるね!?』

『ま、まあ……。ここに落ちてるからマークしとくわ』

『ありがとう！って、鬼ちゃんは使わんと？　少し前にR-301強《つ》えええーって言いながら悪さしとる切り抜き見たよ』

『あ、いや……俺はもう拾ってるから』

『本当!?　それなら拾うね！　鬼ちゃんの近くにおるけん』

『はいよ。って、早』

と、やり取りしたところで二人のキャラがすれ違った瞬間、陽気なＢＧＭに差し替わり、武器を背負う鬼ちゃんの背中がズームアップされる。

そこに映っているのは、ショットガンとハンドガン。アサルトライフルのR-301ではない。

そして、動画は続く。

『あれ、鬼ちゃん本当にR-301持っとる？』

『ッ、いや持ってるし』

そう鬼ちゃんが否定した瞬間、先ほど背中がズームされた画面に切り替わる。

『Oh《オウ》 Yeah《イエア》……』なんてダンディーな効果音と共に。

『本当？　うちの目にはショットガンとピストルに見えたっちゃけど』

『持ってるって本当に』

ここで再び差し込まれる。

『Oh《オウ》 Yeah《イエア》……』の声とズームされた背中が。

完全にネタ化したこの1分にも満たない動画は、一瞬にして1万のリポストがされた。いいねは3万もつき、次々と感想が書き込まれるのだ。

『鬼ちゃんマジで好き（笑）』

『これはもう前のキャラに戻れないんじゃないか？』

『一応、最初の方でAyaya殴ってたぞ』

『なんか無理して殴ってそうやわあ』

その他にも、トレンド入りを助長するたくさんの切り抜きが上がったのだ。

『……あ、あのさ？　配信中に俺なんかと絡んで大丈夫なわけ？　そっちの配信荒れてねえの？　荒れてるだろ？』

『ううん！　全然!!　それどころか鬼ちゃんと喋《しゃべ》ってってコメントがばり多かったとよ」

『そ、そう？　まあ荒れてねえならいいけど……』

口調が乱暴なものの、彼女のことを心配するセリフ。

この動画を見る者は、このようなことを悟る。

『鬼ちゃんが誰とも絡んでない理由って、相手に迷惑をかけないようにするためじゃ？』

『最初に気にしてる辺りそうっぽいよな。コラボ相手がいないから絡めないってのもあるだろうけど』

『コラボ中は誰も煽ってなかったよ。鬼ちゃん』

『めっちゃ気遣ってくれてるやん（笑）』

Ayaya のことを応援しているファンは、この行動で鬼ちゃんのことをとても好意的に捉える。流れるようにチャンネル登録をする視聴者も多くいた。

もちろん、それ以外の切り抜きも多く投稿された。

『もう一人敵さんいるよね、絶対』

『いるだろうけど、一旦逃げるのはどう？　出待ちして有利ポジション取ってる可能性もあるし』

『おけ！　それもそうやね！　あ、でもうちの物資ヤバたん……』

『もー。最初の方で放置するから。倒した敵もあんまり物資持ってないぞ？　どこかから逃げてきた感じだし』

なんて呆《あき》れたような声を上げながらも、『はい、じゃあこれ二つ。俺が体力削られなければもう少し渡せたんだけど、そこは悪《わり》い』と、自分が持つ回復アイテムよりも1個多く渡すところを。

『じゃあ俺はそろそろ落ちるわ。ちょっとバイト《私用》があるけんさ』

『え？』

『私用があるって』

『そうじゃなくって、今うちの方言移っとったよね』

『……なに言ってるんだか。気のせいだろ』

『移ってたぞ！ってコメントいっぱい届いとるよ？　お兄ちゃん』

『うるせ。ってかお兄ちゃんって言うなマジで！　あの件忘れてもらえなくなるから』

『ごめーん！　ふふっ』

Ayaya の方言が移った可愛《かわい》い鬼ちゃんを。

焦ったばかりに『お兄ちゃん』と呼ばれたくない理由を漏らすところを。

これではもう煽りの影すらない。

この一件で……いや、放送事故からの連鎖で、築き上げてきた土台が崩れかけているのは明白。

『なんか鬼ちゃんが可愛く見えてきた』

『煽るのに台本用意してるんだぜ？　可愛いに決まってるだろ』

『ポンコツだけど頑張ってるのはわかるよな。しかも家族のためだろ？』

『嘘《うそ》をつくのが下手なのがまた可愛い』

煽るキャラをウリにしていなければ、こんなにも反響が生まれることはなかっただろう。

『てか鬼ちゃんにマジで感謝！　Ayaya のお兄ちゃん呼び初めて聞いたし！』

『Ayaya がお兄ちゃんって呼んでる2秒の切り抜き上がってたぞ。5分で5万も再生されてる』

『俺20回再生してきた』

『耳が天国だぜ』

副産物的なものだが、これも Ayaya のファンが鬼ちゃんのことを好意的に見るようになった理由。

『なんかAyayaと鬼ちゃんの相性めっちゃよかったよな』

『それ同感。今までコラボしてきた人の中で今日が一番楽しんでたような気がするわ』

『なんかお兄ちゃんができたみたいな感じだったんじゃね？　一人っ子だからきょうだいが欲しいって言ってたし』

『鬼ちゃんの後ろをトコトコついていってたの可愛かった』

『またコラボしてくれねえかな』

配信者が楽しんでプレイしていると、視聴者も楽しんで見ていられる。楽しく過ごすことができる。

この二人のコラボは正解だったと誰もが思っていた。

そしてもう一つ。大きく反響を生んだショート動画があった。

ABEXのプレイヤーがリポストしたのだ。

【やべえ、あのクソ馬鹿野郎に負けたけど、上手《うま》いって褒められてたわ。なんか嬉《うれ》しくないことはない】

なんて題名で――。

『ナイスカバー。助かったよ。この敵さんキャラコントロール本当上手かったなぁ……』

本心から褒め称《たた》え、煽ることをしない鬼ちゃんを。

日常的に煽り、屈伸などして敵をおちょくっている男のこの言葉はやはり貴重なもの。

また、昨日の放送事故は記憶に新しすぎるもの。

『鬼ちゃんがまたなにかやらかしたのか!?』

なんて思うユーザーが次々にトレンドを確認し、Ayaのコラボ動画を見る人で溢《あふ》れ、鬼ちゃんのアカウントには次々とからかうメッセージが届けられるのだ。

こんな事態になっているとも知らない鬼ちゃん……いや、春斗はブックカフェでキビキビと体を動かしていた。

第二章　常連客の女子大生

「メープルラテホットのレギュラーサイズに、アイスココアのレギュラーサイズですね。お会計が780円になります」

17時が過ぎた時間帯。

ブックカフェの制服に身を包む春斗《はると》は、愛想よく接客をこなし、慣れた手つきでレジを打ち、ドリンクを作り、客の背中をまた一人見送っていた。

高校生の頃から週6で働いている職場。最初の頃はいろいろと迷惑をかけてしまったが、今はもう立派な戦力となって働いている。

「よし、あと5時間……か」

レジに表示されている時間を見て、気合いを入れ直しながら働き続けることさらに30分。

顔見知りの客が店内に入ってきた。

「春斗さーん！　やほやほ。今日も来ちゃった」

「お、こんにちは白雪《しらゆき》さん」

ボブにカットしたミルクティー色の髪。色白の肌にピンクの瞳。白のブランドバッグを肩から下げた小柄な女の子——白雪綾《あや》は手を振りながらトコトコとレジに近づいてくる。

「もう大学は終わったの？」

「うん！　今日は午後の1コマしか受けてないけんねー。じゃなくって、1コマしか受けてないから元気いっぱいよ」

「あはは、普段通りの口調で大丈夫だよ。からかう人はいないんだから」

「……そ、そうやって春斗さんが甘やかすけん、2ヶ月経《た》ってもうちの方言は直らんとよ」

「店員に対してそんな責めるような目を向けないでください」

　この会話でもわかっただろうが、彼女は都内の大学に通うために、地方から上京してきた新1年生である。

　頑張って方言を抑えているのは、『大学でからかわれるっちゃもん！』とのことらしく、外では出さないようにしたいらしい。

「それで……今日の注文はどうする？　いつもの？」

「もちろん！　ストロベリーホワイトモカのおっきいサイズ！　お金は……ちょうどあります」

「かしこまりました」

「カップにメッセージも書くとよ？」

「イラストつきでいいんだよね？」

「んっ！　ありがとう」

　来店した時と、レジが混んでない時。

この二つの状況が重なった時に『カップになにか書いてね！』といつもお願いしてくるのだ。

常連の彼女いわく、それが一つの楽しみらしい。

「ちなみに今日はなにを書いてくれると……？　一昨日《おととい》来た時はイヌやったよね」

「一昨日はタヌキだよ」

「あれイヌやろ？」

「タヌキだよ」

「え？　こ、これよ？」

一度首を傾《かし》げると、綾はポケットからスマホを取り出してすぐに見せてくる。その液晶に映っているのは、一昨日描いたカップの写真だった。

「うん、これタヌキだよ。尻尾太いでしょ？」

「これタヌキやっちゃ……」

大きな目をパチパチさせながらスマホを凝視している。表情からは『マジか』なんて言葉が読み取れる。

「それはそうと、白雪さんカップの写真撮ってるんだ？」

「うん、なんか元気もらえるとよね～」

「下手な絵じゃない？」

「こ、個性的よ！」

頭の回転が速い。すぐにオブラートに包んでくれる。

「ありがとう。っと、イラストは見ての通りだけどね、あはは」

実際、絵心がないことは自覚している。それでも写真を撮るくらいに彼女の心を摑《つか》んでいるのは褒められることだろう。

「でもね、今日のイラストは自信あるよ。なんたって練習してきたからね」

「本当!?」

「本当。カエル描くから見てて」

「ん、見とく」

『練習してきたのだから、ネタバレはせずクイズ形式で当ててもらう方がよかったんじゃ？』

なんて思う綾だが、『春斗さんらしい』なんて笑みを浮かべてツッコむことはしなかった。

そんな風に思われているとも知らず、春斗はカップにペンを走らせ——完成させた。

「あ、やば……。ごめん、失敗した。目が潰れちゃった」

「あーね。殴られたカエルのイラストを練習してきたと」

「もう……」

「ぷふふっ、冗談よ冗談」

「白雪さん、不躾《ぶしつけ》なお願いなんだけど……もう1回書き直していい？　なんか悔しい」

ミスしたからといってカップを替えるわけにはいかない。同じカップにリベンジをとお願いすると、思いがけない言葉を返される。

「もちろんよかよ～。新しいカップに描いてくれるならね」

「えっ？」

「うちが春斗さんのドリンク奢《おご》っちゃるってこと」

両手を後ろで組んで屈《かが》むように上半身を前に出す綾は、屈託のない笑顔を見せてくる。

つい、そんな可愛らしい表情に甘えたくなるが、年上としてのプライドがある。

「そう言ってもらえるのは嬉しいけど、そんなに気を遣わせるわけには……」

「いつもお世話になってるお礼よ！　それにわがままも聞いてもらってるけんね。もし奢らせてくれんかったら、そうやねえ……。うん!!」

「うん？」

「えっと……うんっ！！！」

流れ的に罰ゲームを言うつもりだったのだろうが、すぐには思い浮かばなかったらしい。

大きく頷《うなず》いて誤魔化している。

「と、とりあえず嫌なことするんだ？」

「そうばい」

「じゃあ……お言葉に甘えさせてもらおうかな。本当にありがとう」

「ううん！　うちの方こそいつもありがとと」

首を左右に振ってミルクティー色の髪を揺らす彼女は、片方の口角を上げてニヤリと小悪魔な笑みを作る。

「その代わりに、練習の成果しっかり出すとよ?」

「ちょ、そんなプレッシャーかけられると困るって……」

「にひひ、わざとプレッシャーかけとるとよ」

「意地悪だなぁ……。でも、練習したから次は大丈夫なはず。よし」

表情を真剣なものに変え、新しいカップにペンを走らせる、が。

「あ……」

そんな声が口から漏れたのは、最後の締めの部分。

結局のところ綾が受け取ったのは、一つ目と同じように目が潰れたカエルが描かれたカップ。

緊張やプレッシャーに負けてしまった春斗なのだ。

「えっと、その……。これは……」

「うちとお揃《そろ》いにしたかったと?」

「お、お揃いにしたかったです」

「ふふっ、そげん照れるようなこと言わんでよ」

「これ言わせたの白雪さんでしょ……」

恥ずかしさを我慢して言い返す。ただこれでミスしたことを許してもらえるのなら、仕方がないというものだろう。

そしてドリンク作りに入る。

「はいお待たせしました。こちら注文したストロベリーホワイトモカになります」

「美味《おい》しくいただきます！　それじゃあ引き続きお仕事頑張ってね、春斗さん」

「白雪さんもね？」

「うちは負けんよ～？」

「はは、お互い頑張ろうね」

「うんっ！」

それがレジ前での最後の会話。ドリンクを受け取った綾は空席に座り、バッグの中からノートパソコンを取り出した。

仕事に向き合う姿を見届けた後、春斗は新たに来店したお客さんの接客を行うのだった。

時刻は22時5分。

「お仕事お疲れ様、春斗さんっ」

「白雪さんこそお疲れ様だね」

バイトを終えて私服に着替えた春斗は、閉店したブックカフェの駐車場で綾と顔を合わせていた。

いつからだろうか、お互い閉店時間までカフェにいる場合、途中の分かれ道まで一緒に帰るようになったのは。

「動画編集のお仕事は進んだ？」

「うーん。正直……ぴみょい」

「あはは、あまりしっくりこない感じなんだ？」

「うんうん。慣れてないけん大変やとよ。頑張っても1ヶ月に2本のペースやし……」

「それでも十分凄《すご》いよ。大学生で動画編集できる人は少ないだろうし、学業と並行して頑張っているんだから」

「ありがとう……」

これはお世辞なんかではない。

彼女がどのような動画編集を行っているのか、その詳細は聞いていないが、こちらはABEXのプレイ動画を撮影し、自身で編集を行っている。

その大変さは十分に理解している。

「サムネイルを考えたり、カットする場所を考えたりで大変だよね」

「うんうん、サムネイルは動画の見出しやけん興味を持ってもらえるようにせんとやし、カットする場所によって動画の面白さも変わってくるし……。って、春斗さん詳しいね？」

「あっ……。えっと、実は友達が編集の仕事をしてて、いろいろ話を聞いたりしてるんだよね！」

目を大きくしながら問いかけられ、慌てて誤魔化す。

動画投稿者が自身の動画を編集しているというのはよくある話。

人を不快にさせないような動画を出しているならまだしも、自分は『煽《あお》り』をウリにした動画を投稿している。絶対に身バレするわけにはいかない。

バレた瞬間、職場にいづらくなる、周りから距離を置かれる、軽蔑の目で見られる、等々の最悪な状況が待っているのは間違いないのだから。

「そ、そういえば白雪《しらゆき》さんはお家《うち》に帰ったらなにをする予定なの？　やっぱり大学の課題？」

「今日もゲームやね！　うちはゲームばっかりよ」

「へえ。ゲームっていうとパズルゲームとか育成ゲームみたいな？」

「う、うちにそんなイメージあると？」

「なんか平和なゲームしてそうだなぁって思ってるけど……違った？」

「うちがしよるゲームは真逆よー。敵を撃って倒していくゲームって言えばわかりやすいかな？　ＦＰＳゲームっていうっちゃけど」

「えっ、ＦＰＳしてるの!?」

「そう！」

春斗が驚くのも無理はない。銃を使って敵を倒していくシューティングゲームの男女比は大雑把に８：２。

女性プレイヤーが圧倒的に少ないジャンルなのだから。

「春斗《はると》さんはABEXって聞いたことない？　凄く有名なゲームやっちゃん」

「っ！　そのゲームなら俺もしてるよ！」

「えええ!?　春斗さんもしよると!?」

動画編集の件を深掘りされたくなかったからこそ、半ば強引に話題を変えた結果、まさかの共通の話題を発見する。

しかし、あの言葉はむやみに出せない。

『じゃあ今度一緒にしよう』なんて誘いは。

春斗は配信者。ABEXのIDは煽りで有名な『Oni_chan』であり、上位750人しかなることのできない最上位ランク、プレデターである。

このメインアカウントがバレることだけは絶対に避けなければならないのだから。

彼女に教えられるとすれば、練習用のサブアカウントくらいである。

「ちなみに春斗さんのランク帯ってどのくらいやと？　もしかして上位帯……？」

「いやいや！　プラチナに上がったばかりだから、真ん中だよ」

「うちもプラチナよっ!!」

「おお、それはまた凄い偶然……」

ABEXは公平性を保つため、フレンドであろうともランク帯が大きく違えば一緒にランク戦を回すことはできない。

ただ、勝敗がポイントに影響を及ぼさないカジュアル戦であれば、話は別である。

「それじゃあ、今度一緒にやるしかないねっ!?」

「あはは、確かにそうだね」

この時、サブアカウントを持っていてよかったとつくづく思う。

彼女が敵と撃ち合う物騒なゲームをしていたことには驚きだが、この性格である。きっとわちゃわちゃしながら楽しんでいるのだろう。

そんな想像をしながらABEXの話題を続けること数十分。

「うわー、もうここまで来ちゃったかぁ……」

明るい声色が一変、落胆した綾《あや》の声が飛ぶ。

目の前には見慣れた十字路。ここがいつもの分かれ道なのだ。

「楽しい時間はあっという間なの、どうにかならんっちゃろっか」

「そう言ってもらえると嬉《うれ》しいよ。俺も同じこと思ってたけどね」

「今気を遣ったやろ～。ばり後づけやったもん」

細い眉をピクピク動かしながら冗談交じりに伝えてくるが、それとは別にニヤニヤしていた。本音を言ったことは理解しているようだ。

「……」

「ぷっ、ふふっ」

どうなるのかと無言で見つめていれば、彼女は口に手を当てて吹き出した。

「ねえ、別に言ってくれてもよかやろー。『気を遣ってないよ』って」

「言わなくても絶対わかってただろうし」

「ふーん。じゃあ今度から知らないフリして言わせちゃろう」

「白雪さんのことだから、先に顔に出そうな」

「その時は春斗さんに気を利かせてもらうけん大丈夫よ」

「なんだそれ」

彼女らしさ溢《あふ》れる回答であり、顔に出る自覚はあるのだろう。大事なところは他人任せだった。

「っと、それじゃあもう遅い時間だしこの辺にしよっか。うちは一人暮らしやけん大丈夫やけど、春斗さんはそうじゃないやろうし」

「ありがとう。そうさせてもらうよ」

「外も暗いけん、気をつけて帰るとよ？　春斗さん」

「白雪さんも気をつけてね」

「うんっ！　じゃ、今度ABEXもしよーね！　約束よ？」

「もちろん。それじゃあまたね」

「またねー！　バイバイ！」

手を振って彼女を見送る。角を曲がってその背中が見えなくなると、春斗はポケットからスマホを取り出してすぐに電話をかけた。

二回の呼び出し音の後、相手が出る。

「もしもし、ゆー？　今大丈夫？」

『大丈夫だけど、なにお兄ちゃん、どしたの？』

「あ、いや、今帰ってるところだから、もうすぐ帰るよって連絡」

『なにそれ。メール送ってるんだから、わざわざ電話しなくていいのに』

「まあまあ。電話の方が安心できるから」

今はもう二人きりの家族なのだ。二人きりの家族だからこそ、報告、連絡、相談は家族のルールとなっている。

『まあそれはそうだけど……。あ、お仕事お疲れ様。メールでも返したけど』

「はは、ゆーこそ学校お疲れ様。今日もトラブルなく過ごせた？　大丈夫？」

『はあ……。お兄ちゃんは心配しすぎだって。いつも通りだよ』

「そっか。それならよかった」

お節介を焼いていることは承知の上で、毎日のように聞いていること。

高校2年の柚乃《ゆの》だが、両親はもう亡くなっている。

周りとは家庭環境が違い、学校は家族の話題が多く出る場所でもある。これは春斗が実際に体験してきたからこその確認なのだ。

『あ、お兄ちゃん。今のうちに一つ聞いておきたいことがあって』

「ん？」

『再来週の日曜日、涼羽《すずは》ちゃんをお家に呼びたいなって考えてるんだけど、配信の予定とか入ってたりする……？』

「お！　涼羽ちゃん来るんだ。予定は入ってないから自由に使ってもらって大丈夫だよ。ちなみに何時に来るとか決まってる？」

『今のところは午後1時から5時まで遊ぶ予定かな』

「了解。じゃあその日は配信しないようにするね。さすがにあの声を聞かれるわけにはいかないしね……」

ゲーム部屋で配信をしている春斗だが、その部屋は防音設計になっているわけではない。

『ザコ登場でぇす！』

『はあい、物資運搬おちゅかれで～す』

『一から出直してくださいねえ』

こんな声を家中に響かせてしまわないためにも、来客がある時間には絶対に配信はしないと決めている。

もしこの声を聞かれてしまったら……仕事をしているとはいえ引かれてしまうだろう。

『柚乃ちゃんのお兄ちゃんはヤバい人だよ』

なんて噂《うわさ》にならないように、これは徹底していることである。

『まあ涼羽ちゃんなら事情を汲《く》み取ってくれると思うけどね。お兄ちゃんがどんなことしてても』

「まあそんな気もするけど、念には念をってことで。俺が嫌われるだけなら全然いいけど、ゆーに影響が出るかもだし」

『別に影響が出た時は出た時じゃん。いつものように二人で乗り切ればいいだけだし』

「ん、そうだね」

両親のいない生活を続けているからか、柚乃は本当に強くなった。

また一つ成長を感じられ、春斗は嬉しそうな笑い声を上げる。

『じゃあ早く帰ってきてね、お兄ちゃん。今日は親子丼作ってるから』

「えっ、親子丼!?　マジで!?　それはもう急いで帰るよ」

『急いで帰ってきてくれるのは嬉しいけど、気をつけてよ。お兄ちゃんまでいなくなるの……ヤだから』

「わ、わかってるよ、もちろん」

『ん、ならいい。じゃあすぐご飯食べられるように温めておくから』

「本当にありがと。じゃあまた家で」

『はーい』

その会話を最後に、通話を切って小さく息を吐く。

「本当、しっかりしないとだな……。本当に」

思い返されるのは、先ほどの柚乃の言葉。

『お兄ちゃんまでいなくなるの……ヤだから』の声。

兄として、唯一の家族として、こんなことを思わせたくはない。口に出させたくもないこと。

「よし、今日は特に安全第一で帰ろう。これを自慢すれば少しは安心してくれる……かも」

『当たり前のことを自慢しないで』なんてカウンターが飛んでくるのは間違いないが、報告することが大事だろう。

「うんうん」

一人大きく頷《うなず》いて方針を固め、歩きスマホにならないように電源を落とそうとしたその時だった。

「ん？」

スマホのホーム画面をフリックさせる癖で気づいてしまう。

SNSアプリ、Twitto《ツイット》のアイコンの右上に『99＋』の数字が表示されていることに。

これは紛《まご》うことなき通知の数。つまり、三桁を超えるなにかが自分に送られているということ。

「な、なんだこれ。ど、どうなってんだ……？」

バイトに行く時は通知をオフにするため、今気づいたこと。顔が一瞬で強張《こわば》る。

この数字を見たのは、放送事故を起こした日以来。

嫌な予感から頭を抱えるも、見ないことにはどうしようもない。

「こ、この通知……。Ayayaさんを殴ったことの批判メッセージかな」

心当たりがあるとすればこれ。

登録者30万人を超える配信者に迷惑行為をしたのだ。彼女のファンが嫌な思いをしたのは当然で、攻撃してくるのも無理はない。

「ま、まあ鬼ちゃんとしては悪いことじゃない……か。むしろ嬉しいことだし」

通常の配信者ならダメージを負うところだが、あの放送事故で『いいヤツ』の噂が広がっている状況。

これからも煽《あお》り系を続けるためには、最善の行動だったのは間違いない。

「全部アンチコメントだろうけど、今のうちに確認しとこ」

後回しにしないのは、コレに気を取られ、柚乃が作った親子丼を味わって食べられないから。

酷《ひど》い内容を覚悟しながら、ツイットを開いて通知欄を見れば――。

「……へ」

そこには、予想だにしないコメントが広がっていた。

『またAyayaとコラボしてくれ！　めっちゃ面白かったぞ！』

最初に目についたメッセージがこれ。

『お前ってマジでいいヤツやな。これから応援するわ。頑張れよ』

「……ん？」

二番目に目についたメッセージ。

『次の配信いつなん？　投げ銭させてくれ』

「んんん……？」

三番目に目についたメッセージ。

Ayayaに失礼なことをしたにもかかわらず、なぜか好意的なコメントばかり届いているのだ。

「い、いやいや、なんでこんなメッセージ……？　俺、Ayayaさん殴ったよ……。ファンなら普通怒るんじゃ……？」

メッセージをくれたユーザーのプロフィールを確認すれば、圧倒的にAyayaのファンが多いのだ。

独り言を漏らしながら通知をどんどんと遡っていく。

そして、なぜこうなっているのかは、送られたURLを開いて理解する。

「なっ、なんだこの切り抜き……」

最初に目に入ったのは、【煽りの鬼ちゃん、Ayayaに優しすぎる（笑）】なんて題名。

5万のいいねと2万の拡散がされたもの。

それ以外の切り抜きも散見される。

その内の一つを見てみれば、Ayayaとのコラボで行った『いいところ』が全て切り抜かれていた。

『俺なんかと絡んで大丈夫なわけ？』と、気遣っていたところ。

1丁しかなかったアサルトライフル、R-301を『もう持ってる』なんて言い分で譲ったところ。

回復アイテムを1個多く渡したところ。

敵味方ともに褒めていたところ。

その一つ一つが丁寧に編集され、ネタ風に仕上げられた動画を。

その切り抜きのコメント欄を覗《のぞ》いてみれば、鬼ちゃんにとって最悪な感想しかなかった。

『鬼ちゃんマジで優しいやん（笑）』

『ポンコツで可愛《かわい》いな』

『これAyayaのこと妹みたいに接してるよな』

『それわかる。この動画でどんな風に妹に接してるのかわかるわw』

アンチコメントが一つとしてない。本当にない。

「いやいや、こんなのヤバイって……。いいイメージを持たれたら活動しづらくなるんだって……。そもそもなんでこんなに反響が……ッ！」

その要因は、すぐに下にあるコメントでわかった。

「う、嘘《うそ》……でしょ」

見間違いなんかではない。

ツイットのフォロワー数が20万人を超えるプロゲーマー、切り抜きをされた本人でもあるAyayaが――。

『鬼ちゃんと偶然コラボ！　詳しくはうちの配信動画から！』なんてコメントと共に、拡散に協力している内容で……。

「ううぅ。俺を踏み台に……踏み台にして……！」

膝から崩れ落ちそうになるも、頭の中ではわかっていた。因果応報だと。

最初に彼女を利用しようとしたのはこちらなのだ。文句を言えるはずもない。

「マズい。これは本当にマズいって……。早く火消ししなきゃ……」

冷や汗がダラダラと流れる。

頭を抱えながらこれからの立ち回りを考え、火消しの投稿を優先する。

『はあ。用事終わって見たらめちゃくちゃ荒らされてるんだが。お前らそんなに俺に構ってほしいの？　めんどくさいから相手にしないけど』

好意を寄せるユーザーを振り払い、わざと冷たい内容を投稿する。が、なんの意味もなかった。

『週6でバイトしてるらしいから、今までバイトしてたのかな!?　お疲れ様です！』

『ゆっくり休んでね～』

『めんどくさい＝反論できない！』

『正直構ってほしいぜ！』

たったの10秒程度でこんなコメントがつく。ここにきて投稿をしたのは間違いだったんじゃ……？　と思い始める。

いや、次のメッセージを見てそう確信する。

『はーい！　うちにも構って！』――なんてコメントが、フォロワー20万人超えのAyayaのアカウントから届いたことで。

こんなことをされれば火消しどころではない。燃料となる油を注がれたようなものだ。

「い、いやいや……。あなたは出てこなくていいって、本当に。そんな性格だけれども」

一般人に紛れてちょっかい出してくる辺り、わちゃわちゃした現場が大好きなのだろう。

苦渋に満ちた顔になる春斗《はると》だが、よくよく考えればこれはいいチャンスだと判断した。

『おい、お前だけは絶対に許さんからな。また殴らせろ』

ツイットの場。このやり取りは全てのユーザーが見ることができる。つまり、ここで煽りの鬼ちゃんらしさを全開にすればイメージを元に戻せる……！　なんて考えは浅はかだった。

『コラボの誘いばり上手《うま》いやん！　うちもOK!!』

『うちもOK!!　じゃねえよ。ふざけんな』

Ayayaに返信をしながら、ふと。

「方言があるから、白雪《しらゆき》さんとやり取りしてるみたいなんだよなぁ……」

彼女がABEXプレイヤーだと知ったからか、なおさらそう感じてしまう。知り合いに対して乱暴な言葉を使っていると思ってしまい、感じなくていいはずの罪悪感が込み上げてくる。

『ふざけとらんよ！』

『もういい。もうお前には返信しない。相手にしない』

調子を狂わされてしまうことを理解した。戦略的撤退を選ぶ。

『なんだこの掛け合い w』

『もう付き合っていいぞお前ら……』

『いや、付き合うのはダメだろ。オレの Ayaya なんだから』

『お前のじゃねえだろ！　俺のだろ』

嫌なことが起きれば、連鎖して嫌なことが起きる。

それを証明するように、このやり取りだけですぐに５００いいねを突破してしまう。

「も、もう通知止まらないって……」

通知を確認しても、また新たに通知が届く。キリがない状態だった。

「はあ……。もういいや。収まるの待とう……。これが正解だったんだよ……」

この件は後回しにすることを決めて、スマホの電源を落とす。

なにも上手くいかず、重たい気持ちを抱えたまま、安全第一で帰宅するのだった。


そして帰宅後。

「ごちそうさまでした。今日のご飯も美味《おい》しかったよ。いつもありがとね」

「別に。当たり前のことをしてるだけだし」

柚乃《ゆの》が作ってくれた料理を平らげ、いつものように感謝を伝えていた。

「あ、お兄ちゃん。明日の朝も親子丼で大丈夫？　なにか足りないならおかず多めに作っておくけど」

「いや、全然大丈夫！って、ゆーに頼ってばかりじゃいられないから、そろそろ料理を教えてほしいなぁ……？　なんて」

琥珀色《こはくいろ》の瞳を持つ柚乃に期待の視線を向けるが、簡単に振り払われることになる。

「お砂糖とお塩を間違えるような人をキッチンに立たせるわけないでしょ。いつか火事起こしそうだし」

「あ、あはは……。その節は本当ごめん」

「ある意味いい思い出になったから、悪いとは言わないけど」

「『ある意味』なのが情けないよ」

これは柚乃の誕生日のこと。

慣れない料理に一生懸命取り組み、お祝いをしようとした春斗だが、調味料を間違えるという最悪のミスをしてしまったのだ。

『美味しい』と言いながら食べてくれた柚乃だが、それ以降、キッチンを出禁にされている。

後《のち》の『味見しない人初めて見た』という言葉は今でも覚えている。

「まあ……真面目な話をさせてもらうけど、お兄ちゃんはなにも気にしないでよ。家事は私の担当なんだから」

「そうは言っても、俺が料理を覚えたら楽になるでしょ？」

「うーん。楽にならないって言ったら嘘になるけど、私は好きでやってることだし、お兄ちゃんがこれ以上頑張ったら体壊しちゃうでしょ？　絶対」

頬に垂らした触角の髪を人差し指で巻きながら、柚乃は言葉を続ける。

「私、普通に知ってるんだからさ？　カフェのお仕事が終わっても夜遅くまで配信をして、動画の編集までしてること。そんな忙しい人に甘えたらバチが当たるよ」

「いや、それは甘えてるって言わないよ。ゆーは学校に行って、バイトもして、家事もして、さらには大学に向けての勉強までしてるんだから。俺よりも忙しいよ」

「お兄ちゃんの方が忙しいって」

「ゆーの方が忙しいから」

「お兄ちゃん」

「いや、ゆーだって」

実際はどちらも忙しいだろう。二人が二人を思い遣《や》っているからこそ、こんな言い合いが発生する。

譲らない戦いがリビングで繰り広げられること数分。

「あ……」

タイミングが良いと言えるのか、『ブーブー』とテーブルに置いていた春斗のスマホが振動する。

「メール？」

「うん。ツイットのＤＭしか通知こないように設定したから、それだと思うけど……」

自身のアカウントは、相互フォローの相手しかダイレクトメッセージができないようになっている。

必然的に自分と関わりのある人からのメッセージとなるのだ。

「誰だろう……。特に関わりがある人いないいんだけどなぁ」

「LAIN《ライン》じゃないの？」

「いや、そっちは通知オフ」

返事をしながら通知を確認すれば、そこに表示されていたのは……チャンネル登録者数30万人を超える配信者、Ayaya の名前だった。

『鬼ちゃん！　次はいつコラボできそう……？　近いうちにスケジュールの調整ができたらって思ってて！　難しそう？』

チャンネル登録者数でダブルスコア以上離れている彼女からの誘い。

彼女にとって宣伝効果もメリットも弱いコラボになるはずだが、自ら率先して調整してくれようとしていた。

こんな裏表のない配信者は本当に少ないだろう……。

「……」

「ね、お兄ちゃん。そのメッセージ女の人でしょ」

「なっ、なんでわかるの？」

「嬉《うれ》しそうに画面を見てたから」

スマホから顔を上げると、頬杖《ほおづえ》をつきながらジト目を作っている柚乃がいる。

「えっと、女の人だから嬉しいってわけじゃないよ？　メッセージの内容が嬉しくて」

「本当かなぁ」

「本当だって。こんな俺とコラボしてくれるって旨のメッセージだったからさ」

「ええっ!?」

驚いたように目を丸くする柚乃だが、すぐに複雑そうな表情に変わる。

「なんだか騒がしい配信になりそうだね。お兄ちゃんとコラボできる人ってことは、その人も煽《あお》る人だろうし……」

「いや、それが普通のプロゲーマーって感じで」

「プロゲーマー!?　それってその人の評判とかに影響しないの？　『コラボするってことは、この人も煽り行為を容認してる』って」

「うーん。なんか、まあ……大丈夫っぽい」

「そ、そうなの？」

「向こうから誘ってるってことはそうなんだと思う」

柚乃の言っていることは正論だろう。自分も一番気にしていたこと。

だからこそ誰ともコラボをせずに一人で活動していたが、あの放送事故でビジネス煽りがバレてしまった。

今は状況が特殊なのだ。

「そっか。大丈夫ならすぐに返信しなきゃ。お兄ちゃんにとって貴重な人なんだから」

「うん。自分の食器を洗ってから返信するよ」

「私が洗っとくから早く返信する」

「え……」

「早く」

「あ、ありがとう。気を遣ってくれて」

「……そんなつもりないし」

「じゃあ、ありがとう」

「二度も言わなくていいって」

ツンとそっぽ向かれるが、こちらのことを考えてくれたのは理解している。その厚意に甘えるべきだろう。

そして、ここからは仕事の内容だ。

「それじゃ、スケジュールを見ないとだから部屋移動するね」

「はぁい」

春斗がスマホをゲーム部屋に持っていき、ツイットを使ってAyayaとスケジュール調整すること15分。

無事にコラボする日程と時間が決まり、そのあとの時間でプライベートな話を含む雑談を交わしていた矢先だった。

Ayayaはこんなメッセージを飛ばしてきたのだ。

『ねね、いきなりやけど、鬼ちゃんに一つ相談があるっちゃん』

『それまたいきなりだね？　力になれるかわからないけど、それでもよかったら』

『ありがとう！』

コラボが決まったことで信頼関係や仲を少しでも深めようとしているのだろう、さすがの立ち回りだった。

ギスギスしているよりも、仲良くやり取りしている方が視聴者も楽しい時間を過ごすことができるのだ。

その気持ちに応えられるように、こちらも砕けた口調で応えるようにした。

『じゃあ早速その相談！　デデン！　気になってる人と仲良くなりたいなら、鬼ちゃんどうする!?』

『え、恋愛相談？』

『あっ、勘違いせんでよ！　これはうちの話じゃなくて友達の話！　友達の！　友達から相談されて普通のアドバイスしかできんかったとよ、うち』

『友達』を強調する彼女は『異性の意見が聞きたいと！』なんて説明を加え、間髪を容《い》れずに聞いてくる。

『ね？　どうすればいいやろ』

『とりあえず情報を教えてもらっていい？』

『あっ！　そうやったそうやった！』

こんなにも配信の顔と裏の顔が一致していると、微笑《ほほえ》ましくなってくる。

「ほ、本当凄《すご》いなAyayaさんは……。配信者らしいと言えばらしいけど、この距離の詰め方は誰にでもできることじゃないし」

彼女は配信メインでチャンネルを運営している人物。それもたったの1年でチャンネル登録者を30万人以上も獲得した配信者である。

こうして接することで、人気になった理由が少しずつわかってくる。

明るい性格で、親しくしてくれて、チャンネル登録者数で序列が決まるようなこの業界でも、変わらずに接し続けてくれるのだから。

『あ、その前に一つ気になったんだけど、どうして相談相手に俺を選んだの？　まだ関わって間もないでしょ？』

『だって、鬼ちゃんは言いふらしたりせんやろ？　うちも鬼ちゃんの裏をこうして知っとうけん』

『あー、なるほど』

鬼ちゃんは相談にも乗ってくれるような人！　なんてバラされるのは痛手でしかない。

拡散されないための抑止力を持っているから、という理由に納得だ。

『それに、なんか似とるとよね。その人と鬼ちゃんが』

『ほう』

「まあ一番安全なのはリアルで誰かに相談することだろうけど、誰も頼ってないのかな……？　Ayayaさん友達多そうだけどなぁ」

この業界においてプライベートを詮索するのはマナー違反。

疑問は独り言で留《とど》めておく。

『ちなみにAyayaさんのお友達はどんな人が気になってるの？』

『あのね！　カフェの店員さんをしよって、ばり大人っぽくて優しいと！　あ、これは聞いた話やけん、うちは詳しくは知らんけどね！』

『カフェの店員さんか。確かに落ち着いているスタッフさん多いね』

「同じ職種だ……」

と、呟《つぶや》きながら返信を打つ。

『じゃあAyayaさんのお友達は、大人っぽくて優しいところに惹《ひ》かれたんだ？』

『それだけじゃなくて、ばりカッコいいエピソードもあるとよ！』

『お？』

このような話をするのはいつ以来だろうか。そう考えると数年ぶりの気がする。

相談に乗る立場であるが、ワクワクしてくる。

『えっとね、うちと同じでその友達も県外に引っ越したっちゃん。それで、うちと同じで方言があるけん、周りからからかわれてる状態やったとよね』

『うんうん』

『それでね！　そんな中、その人が働いてるカフェに入って注文した時、うっかり方言を出してしまったらしいとよ。そうしたら後ろにいたお客さんがコソコソし始めて、田舎くさいとか聞こえるように言ったみたいで』

「……ん？」

　ここでふと違和感を覚える。

『それをね！　そのお兄さんが堂々とした態度で注意してくれたと！　どう？　ばりカッコいいやろ!!』

『おお……。それはなかなか勇気あるね』

　この違和感はどんどんと強くなる。

「な、なんかそれ……。いや、さすがに偶然か」

　今教えてくれたことと同じ現場に遭遇したことがある。そして、注意をしたことがあるのだ。

『その他にもね、たくさん構ってくれるっちゃん。イラストを一生懸命描いてくれたり、嬉しくなるメッセージを書いてくれたり、面倒見もいいやろー!?』

『そうだね』

当たり障りのない返信しかできないのは、やはり同じようなことをしているから。

「下手な絵って……。な、なんだろ。このシンクロ感って言うか……」

頭を掻《か》いて眉間にシワを寄せる。

話を聞けば聞くほど、彼女に相談してきたという友達のシルエットが思い浮かぶ。

ボブにカットしたミルクティー色の髪。色白の肌にピンクの瞳。

今日も来店してくれた常連の女の子、大学1年生の白雪《しらゆき》が。

しかし、そんなわけがない。大学1年生の一般的な年齢は18か19。そんな年でチャンネル登録者が30万人を超えているというのは信じられない話。

『ちなみにそのカフェの店員さんに彼女はいないの？』

『あ』

ポンと1文字の返信。

『あ？』

『聞いとらん!!　友達もその人に聞いとらんかった!!』

『ええ？　それは確認しなきゃ』

『だって、彼女いますか？　とか聞いたら好意あるのバレるやろ!?』

『ま、まあ確かに』

上手なアドバイスができないのは仕方がない。こちらはその経験がないのだから。

『あっ、でもね！　友達はその店員さんとABEXする約束をしたとよ！　もし彼女がいるなら、そんな約束せんくない!?』

『ああ、それはそうかも。って ABEX ?』

『うん！　うちたちもしてる ABEX ！』

『ランク帯は？』

『お互いにプラチナらしい！　ランク戦をするか、カジュアル戦をするかは決めてないっちゃけどね！』

「……」

この返信を見た瞬間、熱いものに触れたようにスマホを手離す。

口元に手を当て、言葉にならない感情を抱きながら天井を見上げた。

「い、いくらなんでも繋《つな》がりすぎてるような……。いや、さすがに偶然が重なってるだけなんだろうけど……」

デスクに置いたスマホをもう一度手に取る。

『あっ、あとね、その店員さん絶対に驚くよ～！　その友達と ABEX をしたら』

『驚く？』

『だって、その子のメイン垢《アカ》は最上位《プレデター》取ったこともあるけん。キャラの練習用にアカウント分けてるとよ』

『え、それ凄いじゃん！』

プレデターというのは世界で７５０人しかなることのできないランク。

プロレベルの実力を有していることになる。

「これ、もしかしなくても簡単に判断つくかもな……」

なんせ自分もまたプレデター帯で戦っているプレイヤー。キャラのコントロールや立ち回りを見れば、ある程度の実力はわかる。

『Ayaya さん、一つだけいい？』

『なになに？』

『そのお友達はカフェの店員さんといつ ABEX するの？』

『5日後らしい！』

『そ、そうなんだ』

5日後というのは——白雪綾《あや》と約束した日と同じ。

「……いや、まさかね。そんなまさか……」

そんな反応が精一杯だった。

第三章　猛者との再会

そして迎えた約束の日。

「わー。なんかばり不思議な感じがする！」

「あはは、それは俺もだよ。まさかお客さんとゲームする日がくるなんて思ってなかったから」

春斗《はると》は綾とゲーマー御用達《ごようたし》のコミュニケーションアプリ、Diacord《ディアコード》を使って通話をしていた。

「って、これが春斗さんのアカウント？　Oimo《おいも》_daisukiyo《だいすきよ》って、あははっ」

「絶対突っ込まれると思ったよ」

「お芋好きやと？」

「いや、別に好きなわけじゃないんだけど……なんかいい響きかなって」

「なんかこのＩＤにやられたらはらかきそ〜」

「はらかく？　お腹《なか》を掻きたくなる……ってこと？」

「えっ？　ぷふっ」

吹き出すように笑われる。

「はらかくは腹が立つってこと！」

「あ、ああ！　なるほど。確かにこの名前で煽《あお》ったりしたら結構……うん。感じるところはあるかも」

「あ、その『煽り』で思ったことがあるっちゃけど、春斗さんって鬼ちゃんってABEX配信者知っとう？」

「あ、ああ……。その、なんていうか、煽ってばかりで嫌われてる配信者でしょ？」

突然問われたことで、動悸《どうき》を激しくさせながらもなんとか冷静に答える。

「そう！　まあ……本当は優しい配信者やっちゃけどね。その鬼ちゃんに声そっくりとか言われたりせん？　マイク越しやと特にそう感じるけん」

「ほ、本当？　それは初めて言われたよ」

（大丈夫、落ち着け……。練習用の垢だからバレるはずないんだから……）

そんな余裕がある分、取り乱すことはない。

「って、それを言うなら白雪さんだってAyayaさんっていうVTuberさんの声に似てるけどなぁ……。方言もそうだし」

「えっ……!?　それ方言が同じやけんそう思うだけよ！　春斗さんだって鬼ちゃんの声にばり似とるもん」

「あ、あはは……」

元の話に戻ってしまう。ここでまた言い返したのなら完全なループに陥ることだろう。

ただ、彼女のような人は煽りとは無縁なはずだろうに、鬼ちゃんのことを知ってくれているのは正直嬉《うれ》しかった。

「ま、まあ気のせいだから、お互い気にしないようにしようか」

「そ、そうやね！　うちたちプラチナ帯やもんね！」

「そうそう」

これは掘り起こされたくない内容。また空気を読んでくれたのか、乗ってくれるのは本当に助かること。

「あ、それでランク戦かカジュアル戦かどうしよっか。それと二人《デュオ》か三人《トリオ》か！」

「んー。わちゃわちゃがいいと思うから、カジュアル戦で、トリオでいこっか。あと一人の味方さんはランダムで」

「了解！　それじゃあ始めるね！」

「お願いします」

返事を聞いてREADY《レディー》画面が押される。

大人気ゲームであるため、すぐにソロの味方が入り、三人チームになるとキャラピックの画面に移る。

「そういえば白雪さんってどんなキャラをメインに使ってるの？　それ以外のキャラを使おうとは思ってるんだけど」

「うちは………ジープ使っとる！」

「それじゃあ俺はオクトンで」

「ふ、ふーん。そんなところも似とるね、煽りの鬼ちゃんと」

「え、えっと……その、オクトンは使用率の高いキャラだから……」

言い訳をしながら心の中で叫ぶ。

(なにしてんだ俺ぇ……ッ！)と。

鬼ちゃんに似てると言われ、鬼ちゃんのメインキャラを選んだら当然そうツッコミを入れられる。

詰めの甘さを感じ、引きつった笑みを浮かべながらもなんとか上手な言い訳を繰り出せた。

「よ、よし……。じゃあ頑張ろう」

「うんっ！」

画面ではスタートのカウントダウンが始まり、プレイヤーが乗る飛行船が大きなマップを横断していく。

この間に考えることは、どの場所に降りるのか、である。

「お、味方さん激戦区にピン刺しとる！　なかなか好戦的やねえ」

「はは、1戦目から激しい戦いになりそうだなぁ……」

これはポイントに影響しないカジュアル戦だからこそと言える。

味方のピン刺し＝指示に従い、同じタイミングで降下しながらマップ中央の激戦区に共に向かっていく。

そして、この間に行うのは敵がその場に何人向かっているかの索敵。

「――2パーティだね」

「――2パーティやね」

「……」

「……」

ここで一瞬の間。

お互いに思うことがあるのだ。

「今ハモったね？」

「そ、そうやね！……ハモるなんて……」

なんて笑い声を上げながら答える彼女の声はなぜか震えていた。

動揺を露《あら》わにするように繰り返していた。

∮

これは、約束の日の前日。

「ふふ、明日は春斗さんとゲームばい。やったやったぁ」

電気を消してベッドに潜り込んだ綾は、ニッコニコの笑みを浮かべていた。足をバタバタさせて枕に顔を埋《うず》めていた。

春斗と一緒にプレイすることが楽しみなのはもちろん、気になっている人に褒めてもらえる！　と思っているからこそ。

彼はプラチナ帯のプレイヤー。最上位《プレデター》ランク到達者の自分とは3ランクも離れている。

つまり自分が足を引っ張る可能性は少なく、逆に褒められるプレイを見せられる可能性が高い。

『本当に上手だね！』

『心強いよ！』

『なんでそんなに上手《うま》いの!?』

そんな声が聞けると思っていた。彼からの評価を上げることができると思っていた。また誘ってもらえて接点が増えるかもしれない！　なんて考えてもいた。

「ほ、褒めてもらったらなんて返そー。嬉しくなって絶対言葉が全然出てこんけん考えてた方が……。変に思われたら…………うん。とにかくダメ」

想像したら胸が苦しくなる。

枕に訴えかけ、その感情を起動力にしようとした綾は、もぞもぞ手を動かしてスマホを取って仰向《あおむ》けになる。

「えっと、えっと……」

暗い室内でスマホの電源をつけると、メモを開いて早速文字を打っていく。それはまるで台本を書いている鬼ちゃんのように。

「……ふふ、たくさん褒められたいなぁ。それこそ考えたことを全部使っちゃうくらいに」

綾がこんなことをしているとは誰も思わないだろう。実際、こんなことをしたのは今日が初めてである。つまりそれほど彼に変に思われたくないのだ。

「ん～！　早く明日になってほしいなぁ。たくさん褒められたいなぁ……。あと、もっと仲良くなりたいな……」

伸びをして心が躍る気持ちを溢《あふ》れさせる。

欲張りなほどの妄想を頭の中に広げるが、そんな妄想通りに進むことはなかった。

1試合目のカジュアル戦。

春斗、2870ダメージ。6キル。2アシスト。9ノックダウン。

綾、3210ダメージ。8キル。3アシスト。11ノックダウン。

二人だけで約5パーティの撃破。

チーム順位、1位。

2試合目のカジュアル戦。

春斗、2343ダメージ。7キル。1アシスト。8ノックダウン。

綾、2255ダメージ。6キル。3アシスト。8ノックダウン。

二人だけで約4パーティの撃破。

チーム順位、1位。


3試合目のカジュアル戦。

春斗、3171ダメージ。9キル。4アシスト。9ノックダウン。

綾、2828ダメージ。8キル。4アシスト。6ノックダウン。

二人だけで約7パーティの撃破。

チーム順位、1位。


3回連続のチャンピオン。

1試合目終了後は『まぐれまぐれ』『ちょっと調子がいい！』『上手！』なんて会話が飛び交っていた。

2試合目の終わりもまだ同じような会話があった。

しかし、3試合目の終わりでその会話は消えた。

与えたダメージの成績やキルの成績もそうだが、カバーの速さ、安全地域の予測、敵をキルする速度、立ち回り。

お互いが『大差ない実力』を持っていることは明らかなのだ。

「……春斗さん、それ絶対それ練習垢《アカ》やろ！　上手すぎやもん！　メイン垢のランク帯はなんねっ!?」

「いや、それを言うなら白雪《しらゆき》さんこそ……」

「春斗さんの動きよーく見てたっちゃけど、最上位帯って言われても納得よ？」

「そ、それ白雪さんがプレデター取ったことあるから言える……みたいな？」

「ど、動画で見てるけんわかると！」

どんな言い訳をしようが、トッププレイヤーと大差ない実力があるのは明白。

ここまでくれば気になるのはメインアカウントはなんなのかであり……疑念を抱えたまま迎える４試合目。

――悲劇は突然訪れたのだ。

『え？　本物ですか!?』

野良《ソロ》の仲間が、唐突にこのチャットを打ち込んできたことで。

「……」

「……」

チャットを目にした二人は無言になる。そして、互いに冷や汗が流れる。

この言葉は一般のプレイヤーにはかけられないこと。配信者や動画投稿者にしかかけられない言葉なのだから……。

そして、誰に対してのチャットなのかは次の言葉で明白になる。

『鬼ちゃんのサブ垢ですよね!?』と。

「あ、あはは。こ、この味方さんはなにを勘違いしているんだか……」

すぐにチームを組んでいる彼女に声を飛ばす春斗《はると》。

「……」

「ほ、本当なに言ってるんだか。ね、ねえ白雪さん？」

「……」

こう問いかける春斗だが、綾《あや》はなにも喋《しゃべ》らない。

喋らない代わりに、もう一人の味方にチャットを打っていたのだ。

『どうしてそう思うと？』と。

「ッ、ちょ！　そんなこと聞かなくていいって！」

焦りの声が漏れるのは当然。

鬼ちゃん本人だと確信しているような味方と彼女のチャットを止めなければ、身バレという最悪の事態が起こるのだから。

それも、カフェの常連さんへの身バレという……。

真っ白になった頭で反射的に考えるのは一つだけ。

どうにかして二人の邪魔すること。やり取りをさせないこと。

「し、白雪さん。ちょっとDiacord《ディアコード》の方ミュートにするね。あと、ゲームの方のＶＣ音量は０にしてて！　絶ッッ対に！」

「……う、うん」

「ちょっとあの……。とりあえずすぐ戻ってくるから！」

この状態に設定していれば、ゲーム内で味方に声をかけても、彼女にだけは声が届かない仕様になる。

これでなんとか味方に先手を打てる。誤魔化せる！　なんて安堵《あんど》した気持ちに包まれるが、春斗の狙いに気づいている綾である。

言われたままに動くわけもなく、速攻でゲームの設定ボタンを押し、ＶＣの音量を0から50に引き上げたのだ。

無論、声が筒抜けになる設定に変えられたことに気づくわけもなく、春斗は味方に話しかけるのだ。

「お、お前……。よくこれが俺のサブ垢だってわかったな……。え？　このアカウント配信で載せたことなくね？」

声色と口調を変えて、鬼ちゃんを露わにして。

『1年以上も前ですけど、一回だけありますよ！　1vs 1の企画したの覚えてません？』

「あ？　そ、そうだったっけか……。こっちのアカウント使ってて初めてだぜ？　サブ垢だって気づかれたの。1年以上も前って言うと、チャンネル登録者数も伸びてなかった頃だし」

『登録者１００人くらいの頃から見てます!!』

「そ、そんな時から!?　いやぁ、本当ありがとな。嬉《うれ》しいわ」

春斗は味方に媚《こ》びていた。いや、不快にさせないように媚びるしかなかったのだ。

「な、なあ。そんなお前に一つお願いがあるんだけど」

そう、こちらの要求を呑《の》んでもらうために。

「あのさ、確かに俺は鬼ちゃんなんだけど、『気のせいでした！』『間違いでした！』ってチャットに書いてくれね？　もう一人の味方とはチーム組んでるんだけど、このアカウント大切だから誰にもバレたくねえの。あ、VC音量0にしてもらってるから、この会話は聞こえてないから安心してくれ」

『昔使っていたアカウントだからですかね？』

「そうじゃなくって……。これ誰にも言うなよ……。このアカウント……『お芋』と『お妹』を掛けて作った名前なんだよ」

『え!?　そんな意味だったんですか!?って、めちゃくちゃシスコンじゃないですか！』

「う、うるせ。別にいいだろうがそのくらい」

願いを叶《かな》えてもらうためには、それも早く叶えてもらうためにはメリットを与えなければ、と考えた春斗は内緒の話を教える。

「ま、まあとりあえずこんな理由だから頼むわ!!　ＯＫ!?」

『おけです！』

「よし！」

純粋なファンだからだろう、聞き分けのいい返事にホッとしたのも束《つか》の間《ま》、ここで聞き慣れた声がオープンVCで入ってくる。

「な、なんて話をしよるとね……。それよりも！　うちの言った通り鬼ちゃん本物やったやんっ!!」

「なっ、あ？　え……？　おいおい出てこなくていいって！　ん？　VCの音量オフにしてって言ったのに！」

「チャットは表示されるけん、オフ以前の問題ばい。『登録者』とか書かれとうし」

「ぁ……」

危機的状況に襲われていたためにすっかりそのシステムが頭から抜けていた。一瞬にして真っ青な顔になった春斗は冷や汗を流すが、まだギブアップはしない。

「いや、チャットだけなら誤魔化すことができたかもしれないでしょ……？」

「ううん、絶対誤魔化せん！」

「誤魔化せるって！」

「絶ッ対に誤魔化せん！」

「いやいやいやいや、誤魔化せる可能性あるし……」

「ぜったい誤魔化せんばい!!」

感情的になった彼女はバリバリの方言で言い返す。

だが、それも仕方がないだろう……。

鬼ちゃんの皮を被《かぶ》っていた春斗に恋愛相談をしてしまったのだから。

『あのね！　カフェの店員さんをしよって、ばり大人っぽくて優しいと！』

『お兄さんが堂々とした態度で注意してくれたと！　どう？　ばりカッコいいやろ!!』

『その他にもね、たくさん構ってくれるっちゃん。イラストも一生懸命描いてくれたり、嬉しくなるメッセージを書いてくれたり、面倒見もいいやろー!?』

と、アウトな内容まで。

そんな焦りに焦り――素を全面に出してしまった彼女だからこそ、味方に伝わってしまう。

『え？　あの、一緒に組んでる人ってプロゲーマーのAyayaさんですか？』

「っ!?」

鋭いチャットが打ち込まれる。

「あ……やっぱり君もそう思う？　声とか方言そのままな感じだよね？」

「ふ、二人してなん言いよっと!?　うちはAyayaじゃないったい……」

味方のチャットで2対1の構図が生まれる。

「だ、だってうちが鬼ちゃんと一緒にするなら、最上位《プレデター》のアカウント使うはずでしょう？」

「そこで丁寧な言葉に直したらますます怪しくなるって」

「じ、じゃあどうやって誤魔化せばよかったと!?　これ以外に誤魔化す方法なかよ！」

「『Ayayaでーす』みたいなモノマネをあえてしてみるとか」

「絶対誤魔化せん！」

「芸能人だって変装せずに堂々としてたら気づかれないらしいよ」

冷静さの欠けた二人はゲーム内でガヤガヤ言い合いを続ける。

そんな中、野良の味方は正論をチャットに打つのだ。

『思ったんですけど、お互いに誤魔化すって言葉は使っちゃダメなんじゃ？』

「あ……」

「ぁ……」

正論。二人の声はどんどんと萎《しぼ》んでいく。

『あれ、でもお二人ってコラボされてましたよね？　お互いに気づいていなくて、違う垢ってことは……？』

この、集中力やメンタルをやられた4試合目……。

鬼ちゃん、138ダメージ。0キル。0アシスト。0ノックダウン。

Ayaya、98ダメージ。0キル。0アシスト。0ノックダウン。

全ての試合で約15人の敵を倒してきた二人だが、この試合だけ敵を一人も倒せずに戦犯となっていた。

試合に負け、さらには味方に謝ってロビー画面に戻った二人は——。

「……」

「……」

無言になっていた。

それは、敵を一人も倒せなかったという戦犯になったからではない。

「あ、あの……鬼ちゃん？」

「な、なんですかAyayaさん。じゃなくって白雪さん」

そう。お互いの正体を知った状態だから、である。

「い……今、どんな気持ちね？」

「え？　どんな気持ちって言われても、状況についていけてないというか……。配信者同士がリアルで顔を合わせてたってことだし……。いや、似てるなぁって思う部分はあったけど」

「そうじゃなくって、もっと別のところ……」

「別のところ？」

「うちが相談したこと……覚えてない？　忘れてるなら全然よか――」

「その、友達の話を自分の話に見立ててた……みたいな？」

「〜〜っ、もぉぉおおおっ！　全部バレとるやんっ！」

この返しに、彼女の感情は一瞬で爆発する。

「いろいろな情報が一致してたから……」

「うぅぅぁぁあああ！　もう言わんで!!　言いふらしたらもう怒るから！」

「あ、あはは……」

こんなにも悶《もだ》えたAyayaの声は、誰も聞いたことがないだろう。今、この場にいる春斗が初めてである。

「あぁもう！　終わったぁ……。うちの人生終わったぁ……！　なんでよりにもよって恋愛相談した相手が春斗さんやとよ……!!　じ、じゃあその……全部バレとるよね!?」

「……」

肯定の無言。

「う、うぅぅう。はぁ……。もう顔が真っ赤たい……。次からもう春斗さんと顔を合わせられんよ……」

弱々しく、震えた声を漏らす。が、恥ずかしさを誤魔化すようにすぐ話題を変える。

「って、なんで鬼ちゃんがカフェでバイトしよっと!?　鬼ちゃんくらいの登録者さんと再生回数があるなら、広告収入で生活できるやろ!?」

「ま、まあそれはそうなんだけど……俺の配信って煽《あお》りがメインだから、いつ収益化が無効になってもおかしくなくって。実際に運営さんから注意されてるし……」

「えっ!?」

配信一つで生計を立てる場合、広告が停止された瞬間に収益がゼロになってしまう。

仮にそんなことになれば、柚乃《ゆの》に心配をかけてしまう。大学に行かせてあげたいのに、学業に集中できなくなる。

それを防ぐための保険。第二の柱を立てているのだ。

「でも、こんな偶然って起こるんだね……。Ayayaさんが大学1年生だということにも驚きだし」

「ね……。気を遣わせるけん先に言わせて！」

「うん？」

「う、うち……春斗《はると》さんのことが好きなわけじゃないけんね!? 相談した通り、気になってるだけ!! よか!?」

「あはは。わかってるよ。だから俺もこんなに冷静なわけで」

普段と変わらない声で諭すも、顔は熱くなっていた。頰を掻《か》きながら、恥ずかしさを必死に隠していた。

「そ、それなら……うん。あ、あとこのことは秘密やけんね!? これが誰かにバレたら、か、間接的にAyayaは鬼ちゃんのことが……その……」

「それもわかってるよ」

「あ、ありがとう……」

と、お礼を言う彼女は暗い声色に変えてこんなことを口にするのだ。

「あの……鬼ちゃん。ここで話題を変えるっちゃけど、うちら炎上する可能性……あるよね？」

「ああ……。それ俺も言おうと思ってた」

お互い、配信業界に疎いわけではない。考えることは同じである。

「正直、覚悟しておいた方がいいかも……。あの味方さんの情報の出し方次第だけど、俺と Ayaya さんがリアルで顔を合わせてるほど親密な関係だってバレたら、男性ファンの多い Ayaya さんの視聴者は怒るだろうし……」

この業界は『人』にファンがつく。今回の件で彼氏彼女の関係だと誤解されたら、視聴者は離れ、アンチになって攻撃を始めるだろう。

そして、どのような行程を経てこのようになったのか……。この事実を伝えても誰も信じてはくれないだろう。

「でも、白雪《しらゆき》さんは心配しなくて大丈夫だよ」

「えっ?」

「白雪さんのことはこっちがなんとかするから。ぶっちゃけた話、俺が脅して誘ったとか言えばいいんだし」

「え、そげんなのはダメよ！」

「今回の件は俺が悪いしね。このアカウントを配信に乗せたって覚えてたら、視聴者にバレることもなかったわけだし」

「それは違うったい！　うちがオープンで喋《しゃべ》ったから……」

「白雪さんは飛び火しただけだって」

鬼ちゃんのキャラなら、炎上はどうってことない。たくさんの視聴者が離れるだろうが、彼女ほどのダメージは受けないだろう。

バレてしまった責任を取るように、守る覚悟を見せた時だった——。

Oimo_daisukiyoのアカウントに1件のメッセージが届いたのだ。

『先ほどの味方です。今日は本当にありがとうございました！　試合めちゃくちゃ早く終わっちゃいましたけど、一緒にプレイすることができて光栄でした！』

そのタイトルの次にこんなことが書かれていた。

『本題です。今回はお二人共トラブルがあったことでしょうし、どこにも拡散するつもりはありませんのでご安心ください。僕が拡散することといえば、ファンであるあなたに関することだけです（笑）　それでは今後の活躍も期待しています！　季節の変わり目なのでお体には充分お気をつけください！』

完璧なタイミングと、一瞬で安堵《あんど》に包まれる文。

「し、白雪さん……」

「うん？」

「炎上の件は大丈夫みたい」

「えっ!?」

そうして、このメッセージの内容を掻い摘《つま》んで教えた。

『僕が拡散することといえば、ファンであるあなたに関することだけです（笑）』

嫌な予感、そしてこの部分は内緒にして……。

その数時間後のこと。

編集された1本の動画がSNSに投稿される。

【カジュアル戦で鬼ちゃんと遭遇！　鬼ちゃんの秘密暴露！　声あり】

いかにも目に留まりそうなタイトルで——。

「お、お前……。よくこれが俺のサブ垢《アカ》だってわかったな……。え？　このアカウント配信で載せたことなくね？」

『1年以上も前ですけど、一回だけありますよ！　1vs1の企画したの覚えてません？』

「あ？　そ、そうだったっけか……。こっちのアカウント使ってて初めてだぜ？　サブ垢だって気づかれたの。1年以上も前って言うと、チャンネル登録者数も伸びてなかった頃だし」

『登録者100人くらいの頃から見てます!!』

「そ、そんな時から!?　いやぁ、本当ありがとな。嬉《うれ》しいわ」

視聴者に感謝しているところから——。

「あのさ、確かに俺は鬼ちゃんなんだけど、『気のせいでした！』『間違いでした！』ってチャットに書いてくれね？　もう一人の味方とはチーム組んでるんだけど、このアカウント大切だから誰にもバレたくねえの。あ、VC音量0にしてもらってるから、この会話は聞こえてないから安心してくれ」

『昔使っていたアカウントだからですかね？』

「そうじゃなくって……。これ誰にも言うなよ……。このアカウント、『お芋』と『お妹』

を掛けて作った名前なんだよ』

『え!?　そんな意味だったんですか!?って、めちゃくちゃシスコンじゃないですか！』

「う、うるせ。別にいいだろうがそのくらい」

願いを叶《かな》えてもらうためには、それも早く叶えてもらうためにはメリットを与えなければ、と考えた鬼ちゃんの内緒の話から、

「ま、まあとりあえずこんな理由だから頼むわ!!　ＯＫ!?」

視聴者にお願いしているところの内容を。

そして、完全な特定を避けるためか、『Oimo_daisukiyo』の『yo』だけにモザイクがつけられていた。

そのせいで、強い想《おも》いが記されたＩＤに変わってしまう。

冗談っぽい『大好きよ？』ではなく、『大好き！』と。

狙っていたのか、偶然か、それは製作者にしかわからないこと。

さらには、この動画の最後には鬼ちゃんの名言が、エコーのかかった音声で入れ込まれていた。

いつ、どんな時に言ったのかも覚えていない昔の発言。

『俺はアンチからどんな攻撃をされても効かねえよ。俺自身、攻撃される覚悟を持ってやってんだから』……と。

最近、ABEX業界の話題を掻っ攫《さら》っている鬼ちゃんの新たな燃料投下。

これにSNS利用者はピラニアの如《ごと》く食いつくのだ。

『いやいや、これは絶対に効くだろw』

『鬼ちゃんの家族愛チャンネルに名前変えようか！』

『編集最高すぎ！』

『サブ垢の名前さすがに恥ずかしすぎるだろ（笑）』

『妹さんがこのIDの意味を知った時の反応欲しいわー』

いいねは30分足らずで1万を超えるほどの反響。

この（鬼ちゃんにとっての）炎上に気づいたのは、綾《あや》とゲームをした後のバイト先。休憩中のことだった。

「は、はぁ!?　な、なんだよこれ……。いや、これは本当に終わってるやつだって……。俺内緒にしてって言ったのに」

もう何度目だろうか……。

Twitto《ツイット》に届く大量の通知を見て、そこから編集された動画を見て、ふにゃふにゃになった体を背もたれに預ける。

「いや、なんであの人は自分の動画を録画してるんだよ……。ってか、編集もできる人なんだよ……。はあ」

今はボタン一つですぐに録画ができる便利な世界だ。

マッチングした記念に、すぐ録画を始めたのだろう。

「もう……なんなんだよ本当。最近やることなすこと全部裏目に出てるって……。本当に俺だけのことを拡散してるし……。ああ、最悪だ。エンターテインメントのトレンドにも入ってるし……。こんなのみんな見ちゃうじゃん……」

夕方の時間帯。トレンドに載っているのは、『お妹《いも》』の2文字。察するには十分すぎる文字。

この間にも通知はポンポンポンポンと溜《た》まっていく。

ポチッと通知欄を押せば、配信者をオモチャにしたリアルタイムのコメントが目に入る。

『ようシスコン！　元気か!?　暴露されたな！』

「元気じゃないよ……」

『鬼ちゃん！　妹可愛《かわい》い!?』

「当たり前のこと聞くな」

『んんんぉぉおおおお！　お妹《いも》が好きなのかい!?　それとも大好きなのかい!?　どっちなんだいッ!!』

「うるさいよ……」

『今後はシスコンの鬼チャンネルでどうですか？』

「あなたもうるさいよ……」

ツッコミが苦手な鬼ちゃんだが、これに関してはスラスラと言葉が出てくる。

「はあ。なんでこんなことに……。本当なんでこんなことに……。放送事故の方がマシだって」

最初に起こした放送事故の代償は、ビジネス煽りがバレてしまったこと。

しかし、今回の事故は妹好きをバラされたようなもの。耐えられるわけがない。

編集もまた上手《うま》いのだ。

『これ誰にも言うなよ……。このアカウント……『お芋』と『お妹』を掛けて作った名前なんだよ』の暴露から――。

『俺はアンチからどんな攻撃をされても効かねえよ。俺自身、攻撃される覚悟を持ってやってんだから』なんてからかい誘導の流れが。

「あの人は機転の利くその編集技術をもっと別のところに使うべきだって……。どう考えても宝の持ち腐れでしょ……」

最後のセリフにエコーがかかっているせいで、『効かないからかかってこい』と挑発しているように聞こえる。

結果、動画を見たユーザーの大半はこう思うのだ。

『効かないならとことんやってやるよ！』と。

「はあ。恥ずかしくて死にそうだ……」

両手で顔を覆い、ゴシゴシして気を紛らわせる。

ため息を吐《つ》き、火が出そうなほど熱くなった頭を抱えていたその時だった。

『春斗《はると》さん、今日のバイトは何時に終わると？』

ABEXをする約束をした日、連絡先を交換した綾からこんなメッセージが届いたのだ。

休憩時間を把握してのメッセージだろうか、画面をLAINに切り替えて返信する。

『今日は早上がりで夜の9時に終わる予定だけど、どうかしたの？』

『うん。春斗さんのお仕事終わりに、ちょっとお時間をもらえたらなって思ってて』

珍しいというよりも初めての要望に目を丸くする。

『そのくらいなら全然大丈夫だよ』

『本当!? それじゃあ9時にはお店の方に着くようにするけん、よろしくね』

『え？ 白雪さんって確か明日大学あるよね？ 明日に備えないとだし、わざわざ足を運ばなくても大丈夫だよ。このままLAINでも構わないし』

『ううん、うちは平気。それにお話ししたいのは今日のことやけん、会って話したいとよ。お礼も言いたいし』

『お礼？』

『今回の件、春斗さんが全部肩代わりしてくれたやろう？』

『なんのことだか』

『優しいね、本当に』

『そんなこと言われても、心当たりないからなぁ』

『ふーん。ならわかってくれるまで力説しちゃおーっと』

『あ、いや、それはやめて。お願いだから』

『ふふ、はーい』

やけに聞き分けがいいのは、確信しているからだろう。『なんのことだか』としらばっくれていることを。

『じゃ、残りのお仕事頑張ってね、春斗さん。うちは今から配信頑張る!!』

『ありがとう。それなら休憩が終わるまで配信にお邪魔させてもらおうかな』

『え、ええ。なんか変に意識しちゃうけん見らんでよ』

『あはは、なんだそれ』

最後に笑わせてくれた彼女にツッコミを入れ、メッセージのやり取りを終える。

そうして休憩時間が終わるまでAyayaの配信を覗《のぞ》いて充実した休憩時間を過ごすのだった。

また、最初の挨拶でAyayaが噛《か》んだところは見なかったことにする。


時は経《た》ち時刻は20時50分。バイトが終わる10分前である。

「や、やっほ……？」

「どうも、白雪《しらゆき》さん」

どこかで買い物をしてきたのだろう、オシャレな紙袋を持って、レジに立つ春斗に控えめに声をかける綾。

「……って、恥ずかしそうにされるとこっちも反応に困るかも」

「これでも頑張ったと！って、その話は蒸し返すの禁止！」

「あ、あはは。ごめんごめん」

忘れてはいない。いや、忘れられることではない。

彼女が好意を寄せてくれていることは。

綾もまた似た思いだろう。その好意に気付かれている、と。

あの恋愛相談がキッカケとなり、奇妙な関係になっているのだ。

「えっと、とりあえずなにか飲み物注文する？」

「う、うん。じゃあ……アーモンドラテのアイスのおっきいの」

「かしこまりました」

「あ、イラストとメッセージも……」

「えっと、その……いつものグイグイできてくれないと困るっていうか……」

「だ、だって意識せん方が無理やもん……!!　そこは春斗さんが頑張るところ!!」

「そう言われても……」

肌が白いからか、赤面した顔が本当に目立つ。

それでも『いつも通り』を意識して頑張ってはいるのだろう。

苦笑いで応えて、注文されたドリンクの準備を始める。

まずは要求されたイラストとメッセージから。

この恥ずかしい空気に耐え、今にも震えそうな手で書くのだ。

『夕方のハイシーお疲れ様！　次もファイト!!』

誰に見られても問題ないよう『配信』とは書かずに。そして、次にイラスト。

ネットで調べたハムスターを思い浮かべ、一生懸命描いていく。

……2本の歯が長くなってしまい、変な顔になってしまったが、ネズミとしては見てもらえるだろう。

これであとはアーモンドラテを作るだけ。

「あ、白雪さん。言うの忘れてたんだけど、今回お金の方は大丈夫だよ。こんな時間に顔を出しに来てくれたから俺に奢《おご》らせて」

「ううん、気を遣わんで。春斗さんには妹さんおるけん、妹さんのためにそのお金は使ってあげるべきよ」

「ん？　なんかいきなり声が聞こえなくなったなあ」

「うわ、下手な演技や……」

「なんのことだか」

最後までとぼけてアーモンドラテの値段を打ち込み、自分の分も追加する。

これで彼女も飲みづらく思うことはないだろう。

会計金額１０２０円がレジに表示されたところで、保留画面に切り替える。

これでシフト終わりに会計をすればよい。もちろんこのやり方は、店長からの許可が出ていること。

「それじゃ、すぐに作るから待っててね」

「う、うん。ありがとうね、春斗さん」

「どういたしまして。って、無理やりお礼言わせてごめんね。強引に奢っちゃったから」

「もう……。そげんなこと言うの春斗さんだけよ」

「そんなことないって」

　こう応えてすぐ、レジから離れてドリンクを作り始める。

「……春斗さん凄《すご》いモテるやろうなぁ……」

「ん？　なにか言った？」

「っ！　なんでもないなんでもない!!」

「そう？　なにかあったら教えてね」

　聞き返した瞬間、動揺を露《あら》わにした綾だった。

　それから数人の接客を務め、バイト終わりの21時を迎える。

「いやあ、未《いま》だ驚きが残ってるよ。白雪さんがあの Ayaya さんだったなんて……」

「それを言うならうちもよ。偶然にしてできすぎやもん」

　近場にある公園のベンチに綾と座り、アーモンドラテを飲みながら雑談に花を咲かせていた。

「今やから聞くっちゃけど、うちが Ayaya だって感じはせんかったと？　鬼ちゃん……じゃなくって春斗さんは。Ayaya っＩＤはうちの名前もじってるだけやし」

「声とか性格は似てるなぁって思ってたけど、そのくらいかな。Ayayaさんが大学生だったなんて思ってなかったし、方言があるから別の地方に住んでるって先入観もあって」

「あー。それもそっか」

似ているところはあれど、それだけで判断することはできなかった。

「でも、考えてたことは一緒かも。うちも鬼ちゃんがこんなに若い人だとは思ってなかったけん。20代くらい？」

「ちょうど20歳だよ」

「えっ……ええ!?　じゃあうちと二つしか変わらんと!?」

「一応はそうなるね」

「な、なんでそげん大人っぽいと？　羨ましいっちゃけど」

『大人っぽい』に憧れがあるのだろうか、真剣な顔をしてアドバイスを求めてくるように覗き込んでくる。

綺麗《きれい》な顔を近づけられ、顔と顔の距離をさりげなく離す春斗は、それとなく伝える。

「しいて言うなら家庭環境かな。あの放送事故見たなら知ってると思うけど、自分が妹の親代わりだから」

「ぁ……。この話はもうナシ！」

「はは、今はもう引きずってないから大丈夫だよ。気を遣ってくれてありがとう」

「そ、そう？」

「もちろん。あ、白雪さんは一人暮らしをしてるんだっけ？」

「うん！　大学に通うためにこっちに引っ越してきたけんね」

「やっぱり大変？　一人暮らしは」

「正直、ばり大変よ。まあ、一人で生活するようになったおかげで親の偉大さがよりわかったっちゃけどね」

「それは同じく。生活するお金を稼いできてくれて、料理も作ってくれて、家事までしてくれて、本当に凄いことだよね。なかなか真似《まね》できないよ」

「そうね！　あとは疲れてるはずなのに、疲れた姿はめったに見せんやろ？」

「ああ、それは確かに」

両親を亡くしている自分と、大学に通うために両親と離れた綾《あや》。

環境は全くもって違うが、感じるものは同じこと。

しばらくの間、両親がいかに偉大か、尊敬できるかで盛り上がり、雑談を含めると50分も経っていた。

「っと、もうこんな時間だ。この話はまた後日ってことで、そろそろ白雪さんの本題に移ろっか？」

「そ、そうやね！」

一人暮らしの彼女を遅い時間に帰すわけにはいかない。そんな気持ちをあって本題を促せば、素直に頷《うなず》いてくれる。

「じゃあ早速、本題っていうのは？　今日の件ってことは教えてもらったけど、一応は穏便に済んだわけだし」

「むむっ！」

「え？」

擬音語を声に出す彼女を見ると、大きな瞳をジト目に変えていた。

「よく言うばい。春斗《はると》さんは炎上しとるくせに……」

「いい意味の炎上だから、気にしないでいいよ。活動に支障はないんだし、むしろラッキーみたいな」

「鬼ちゃんにとっては悪い炎上やろ？」

「……」

「うちを気遣ってくれとることも知っとうよ」

全てを予期していたと言わんばかりの彼女は、ここで太ももの上に置いていたオシャレな紙袋をこちらに渡してくる。

「やけん春斗さん、これ受け取って。こんなお礼じゃ割に合わんけど……」

「お、お礼？　なにこれ」

「えっと、マカロンと、クッキーと、バームクーヘン！　妹さんの分もあるけん」

「いや、こんなに高そうなものはいただけないって……。むしろ今回巻き込んだことを謝らなければならない立場なんだから、俺は」

彼女は口にしていないが、1万円相当の高級品だろう。誰しも一度は聞いたことのある有名なブランドの商品だ。

妹の柚乃《ゆの》に食べさせたいという気持ちは当然あるが、年下相手にがめつさを見せるわけにはいかない。

「そもそも俺は当たり前のことをしただけなんだから、お礼なんて……」

「ううん、それは違うよ」

否定の声が聞こえた瞬間、夜風が吹き抜ける。

「春斗さんって配信で稼いだお金で妹さんの学費を補おうとしとるやろ……？　それなのにうちを守ってくれようとして……。それは当たり前にできることじゃないもん」

「ま、まあ鬼ちゃんの配信スタイルなら復帰できる可能性はいくらでもあるし、配信ができなくなっても死ぬ気で働けばなんとかなるから、大したことじゃないよ。実際」

照れ隠しもあるが、これは本気で思っていること。

「ふふっ、それじゃあ妹さんのことも、うちのことも守ろうとしてくれたっちゃ？」

「……」

「春斗さんはうちが配信のお金で生活してて、配信のお金で大学に通っとるって思ったから守ってくれたとよね？　学費が払えなくなって、退学になるかもって……」

「ッ」

「やっぱりかぁ」

息を呑《の》んだ音が聞こえたのか、はたまた表情から読み取ったのか、彼女はニッコリと微笑《ほほえ》み、言う。

「うち、妹さんのことはなにも知らんっちゃけど、きっと妹さんも春斗さんのこと好きやろうね」

「ちょ、待って。なんで白雪さんの中で俺が妹のことを好きって設定になってるの……!?別に俺は……」

「おイモ大好きだよってIDやのに?」

「あ、あれは『daisukiyo』だって……。ニュアンス的には冗談っぽく言ってる感じなんだから」

「へえー?」

「……そんな目で見ないでよ」

ニヤニヤが溢《あふ》れる様子で見られ、思わず目を逸《そ》らす。

「ふふ、仕方がないけんこのくらいにしてあげる」

なんて慈悲をくれた綾はからかうのをやめた。

横目で見てくると、再び声色を変えるのだ。

「ね、春斗さん」

「な、なに? 改まって」

「うち、今回のことばり嬉《うれ》しかったよ。やっぱり春斗さんは素敵やね」

「……」

「だからうちも春斗さんを見習って、いざという時には誰かを守れるような人になろうって思った。借りがあるけん、春斗さんを守れることがうちの理想やっちゃけどね」

「……」

「…………」

「…………」

どのように返せばいいのかわからず、口を閉ざしてしまう。

それが原因か、時間が経《た》てば経つほどプルプルと体を震わせ、顔を真っ赤にする綾は、身振り手振りを大きくしながら「わー!!」と、早口になる。

「え、えっと、ご、誤解せんでよ!!　こ、これは告白じゃないけんね!?　うちがそう思っただけやけんね!?　お、お付き合いするならまず妹さんと顔を合わせんとやし!!　ほ、ほら、許可があった方が……ねっ!?」

「あ、あはは……。別に許可はいらないと思うけど、あった方が都合はいいかもね」

「う、うん!　そうよ!」

「……」

「……」

ここで話が途切れてしまった。

まるで付き合いたてのような会話に恥ずかしさを覚えていたのは、彼女もまた同じなの

かもしれない。

　この空気は気恥ずかしいものであり、耐えづらいものでもある。

「さ、さて……！　春斗さんと大事なお話もできたし、うちはそろそろ帰ろうかな!!」

「家まで送らなくて大丈夫？」

「う、うん！　そげん優しくされたら……もう、うちがヤバいことになっちゃうけん」

「えっ？」

「あはは、冗談よ冗談！」

　頬を掻《か》きながら苦笑いを浮かべると、綾は顔を隠すように勢いよく立ち上がる。

「それじゃあまたね！　春斗さん。今日のことは本当にありがとう」

「こちらこそ。じゃあ、周りも暗いから気をつけて帰ってね」

「はーい！」

　別れは急だった。

　公園の出入り口まで走った綾は、振り返ってブンブンと手を振ってくる。

「春斗さんも気をつけて帰るとよ！」

「了解！」

「ならよしっ！」

　遠くから見る彼女の顔は、気のせいか赤くなっているように見えた。

その後のこと。

「ただいまー！……ぁ」

綾と別れて自宅に着いた春斗は、いつも通り明るい声を出しながら玄関扉を開ける。

……が、一瞬にして体が縮こまる光景がそこには広がっていた。

足音が響いていたのか、帰宅する予感があったのか、両手を腰に当てて仁王立ちした柚乃が目の前に立っていたのだ。

「おかえり、バカお兄ちゃん」

「は、はい」

圧のある声。圧のある態度。顔の上半分には影が差している気がする。

「今日のお仕事は早上がりで21時までだよね」

「は、はい。その通りです」

「今は何時だっけ」

「えっと、22時30分です……」

「お家《うち》から職場までの通勤時間は？」

「20分弱です……」

「そうだよね。でも今日は今朝報告してた時間より1時間も遅いよね。遅くなる時はちゃんと連絡するようにっていつも言ってるよね」

『ね』の三段活用。柚乃が怒っている時に必ず発生する現象である。

「私はお兄ちゃんに出来立てを食べてもらえるように、いつも時間を調整してるんだよ」

「本当にすみませんでした……。ちょっといろいろあって……」

「はあ。心配させないでよ、もう……。メールも入れたんだから」

高校生の妹にがっつり叱られる。こんなところは誰にも見せられない光景。

第三者がこの現場を見れば、『社会人相手に過保護すぎる』なんて印象を抱くだろうが、家族はもう二人だけなのだ。

大切な人を亡くす辛《つら》さを知っているからこそのこと。

「お兄ちゃんの弁明がなければ、あと5分はお説教だから。お兄ちゃんは何度も言わないと抜けちゃう人だし」

「……え、えっと、実は常連さんと話し込んじゃって！」

「それは弁明じゃなくて言い訳だよね。もういい。靴べらは……と」

「ち、ちちちちょっと待って！　その前にこれ！　貰《もら》いもの!!」

お尻を叩《たた》かれる……という危険をすぐに察知した春斗は、手に持っていた紙袋を慌てながら見せ、どうにか話を逸らさせる。

「貰いもの？」

「弁明の続きなんだけど、お客さんから褒められたっていうか、そんな流れでいただいたものでさ……？　ついつい話し込んじゃって。中身はゆーの好きな洋菓子だよ」

「えっ!?」

紙袋を両手で受け取った柚乃は、中を覗《のぞ》き込みながらガサガサと漁《あさ》り、確認を始める。

次に顔を上げた時、その瞳は宝石のように光り輝いていた。

それは好物を貰っただけでなく、家族が褒められたという情報を聞いたから。

「お兄ちゃんがお仕事で褒められたの!?」

「ま、まあ（仕事で褒められたわけじゃないけど）そんなところ」

「それ早く言ってよ！　その理由なら許すんだから」

「よしっ！」

柚乃に怒られるのは一番堪《こた》えること。

感情のままに喜びの声を上げるが、墓穴を掘ってしまった。

「『よし』？　お兄ちゃん反省してないね。私は『反省しなくていい』とは言ってないんだけど」

「あ、い、いや……。反省はマジでしてる」

「やっぱりお説教」

「……本当に本当にすみませんでした」

それから本当に説教が始まる。……一度だけ靴べらでお尻も叩かれる。

最後、手の甲には油性マジックで『連絡を忘れない』という文字を柚乃に書かれるのだった。

「さてと……」

柚乃《ゆの》の説教が終わり、作ってくれたご飯を食べ終えた春斗《はると》は、自分のスイッチを切り替えるような声を出した。

「お兄ちゃん、今日は配信するの？」

「うん。ちょっと今日は絶対に配信しないとで……」

また燃料を投下してしまった。サブ垢《アカ》のＩＤの意味がバレ、アカウントが荒らされてしまった。

拡散の波が収まるまで待って何事もなかったように配信するのも手だが、謝罪が遅れれば遅れるほど謝りにくくなることと同じ原理で、炎上後はすぐに配信をしなければ活動がしづらくなってしまう。

放送事故の時と同様、逃げずにやるしかないのだ。

「もしかして……お金に余裕がなくなってきた？」

「いやいや、そうじゃないよ！　そうじゃなくて個人的な理由……。あ、はは。なんか無性に配信したくなる時があるんだよね」

正直に言えるはずがない。

冷や汗を流しながらなんとか誤魔化すのだ。

「うーん。お風呂に入ってから配信するのはダメなの？　配信終わってすぐベッドに行けた方がいいよね？　お兄ちゃんバイト終わりなんだから」

「心配ありがと。でも配信の予約枠も立ててるし、明日の出勤時間は遅い方だから大丈夫」

「そっか。ならちょっと安心した」

「あ、でも少し変な声が漏れたらごめんね」

「変な声って煽《あお》り声でしょ？」

「え、えっと、そうとも言えるかなぁ……、なんて」

頬杖《ほおづえ》をついたかと思えば、柚乃にジト目を向けられる。全てお見通しのようだった。

「もしよかったらだけど、お兄ちゃんのゲーム部屋を防音室にしてみる……？　私に迷惑がかかってるわけじゃないけど、その方が気を遣わずにお仕事できるでしょ？」

「それは否定しないけど、本格的なものになると大体50万円以上するよ？」

「えっ、そんなに高いの!?　そんなに高いんだ……。よく探せば30万円くらいでいい防音室見つからないかな……」

難しい顔をしながら絶妙な値段を口にする柚乃に、春斗のお兄ちゃんセンサーが反応する。

「ストップ。もしかしてゆーが防音室買おうとしてない？」

「うん。今、貯金がそのくらいあるから」

「いやいや、それは絶対ダメ。俺のためにそんな大金を使ったら怒るからね。ゆーはまだ高校生なんだからもっと甘えてくれないと。兄としての面目もあるんだから」

優しい顔をこの時だけ、真剣なものに変えて訴える。

「買う時は俺が買います。一応、受験期前には設置できるようにするから」

「……わかった。じゃあ今はお兄ちゃんに甘えることにする。怒られたくないし」

「賢明な判断です。って、ゆーは全然甘えてくれないじゃん」

「そんなことないよ」

「本当？」

「お兄ちゃんが気づいてないだけ」

「そ、そこまで言うなら……信じるけどさ」

お互いを尊重し、助け合いながら生活している二人だからこそ、考え方も大人になる。ピリついた空気もすぐに柔らかくなる。

「あっ、それじゃ、時間も時間だから配信の準備をしてくるね。ゆーは明日も学校なんだから早く寝るんだよ」

「わかってる。あとお兄ちゃんは早起きしなくていいからね。私を見送ろうとしなくてもいいから」

「そう言われても、勝手に目が覚めちゃって」

「もしかして私の準備をする音がうるさい……?」

「ちょ、それは違う違う! 目覚ましが――」

変な誤解を解くために慌てて否定するが、嵌《は》められたことにすぐ気づいた。

ニヤッと口角を上げ、得意げな表情を浮かべている柚乃だったのだ。

「う、うわ。その言葉はズルいよ……」

「お兄ちゃんが素直じゃないからでしょ? アラームかけてるの知ってるし、朝日が入るようにカーテンを開けて寝てることも知ってるし」

「……先に言ってほしかった」

勝敗は決まった。

「じゃ、私はそろそろ寝るね。お兄ちゃんの邪魔もしたくないし」

「別に邪魔だとは思ってないよ」

「ん」

「それじゃあおやすみ、ゆー。明日も頑張ろうね」

「うん。おやすみお兄ちゃん。今日もお先にごめんね」

「これから騒ぐから気にしないで～」

「ふふ、まったくもう……」

責任感が強いからこそ、先に寝るのが忍びないのだろう。

そんな柚乃に冗談で返すことは正解。

笑顔になった妹を見届け、リビングの明かりを落とした春斗は、飲みものを持ってゲーム部屋に移動する。

「ふう……」

配信予約は23時30分。残り15分を切っている。ゲーミングチェアに座って、すぐにPCを作動させた。

「今日は気が重いなぁ……。絶対からかわれるし……。って、視聴待機者が2000人もいるし……」

放送事故から、登録者30万人を超えるAyayaとの偶然のコラボ、そこから数々のトレンド入りを果たし、（一般的にはいい意味の）炎上をしたりと話題が尽きないのだ。

夜も遅い時間だが、見たこともない数字が出ているのは不思議ではない。

「き、緊張してきた……」

春斗が時間潰しに見るのは、待機中の視聴者のコメント欄。

【まだかなOimo_daisukiちゃん（笑）】

【早く配信してくれええええ！】

【妹ちゃん出てこい！】

【今日も晒《さら》されてたのに配信するってコイツのメンタル、ダイヤモンドよな】

「ダイヤモンドだったらどれだけよかったか……」

独り言だが、ここからはもう鬼ちゃんの口調に変え、煽りの台本を読み直しながら残りの時間を有意義に過ごす。

そして、迎えた23時30分。

「ふう……。コホンッ」

大きな深呼吸をして咳払《せきばら》い。配信のスイッチを、鬼ちゃんのスイッチを入れた春斗は、LIVE配信をONにするのだ。

「よー。待たせたな、お前ら」

第一声を入れ、ABEXの画面に切り替えるとコメントが大きく流れ出す。

【きたぁあああ！】

【待ってた！】

【こんばんはー】

【楽しみにしてたぞ！】

あの放送事故を起こして以降、アンチのコメントはなかなか目につかない。好意的なコメントが本当に多かった。

「って、もう2500人も見てんのかよ。マジか……。暇人多すぎてちょっと引いたわ。はよ寝ろよ」

【うるせえシスコン】

【鬼ちゃんと同じで俺も仕事終わりよ！】

【妹ちゃんのご飯は堪能《たんのう》ちましたか？】

【てか、俺たちが寝て困るのお前だろw】

配信者と視聴者の間で行われるのは煽り合い。今日は視聴者が多いだけにコメント量も多いが、これは日常的にしていること。

少し勝手が変わっても困ることはない。むしろこちらの方が、話題が尽きないという点でも嬉《うれ》しいこと。

「ま、まあ、今日のスケジュール発表な。夜も遅いから……2時間くらいの配信で。最初の20分はボット撃ちしながら質問タイム。それからランク戦を1時間40分な」

ボット撃ちとは、的当てのようなもの。

試合前に行う軽い準備運動だからこそ、コメントに目を通しながら質問に答えることができる。

【妹ちゃん起こさないようにな！】
【あんまり声荒らげなくてもいいぞ！】
【家庭を大事にな！】
【伸び伸びとやってくれ】

「……」

本日のスケジュールを伝えれば、返ってくるコメントはこれ。

『妹がいるから、このくらいは許すぜ！』という気持ちが伝わってくる。

「……え、えっと、コホン。毎度のことながら投げ銭のコメントを優先して答えるけど、そこは文句なしで頼むわ」

動揺を露《あら》わにすれば、さらにからかわれてしまう。いいプレイを見せるためにも、気持ちを揺さぶられるわけにはいかない。

普段通りの前置きを入れ、ボット撃ちの部屋に移動した鬼ちゃんは、愛用している武器R-301を拾い、的を撃ちながら質問タイムを始める。

質問コーナーが設けられているだけあって、たくさんのコメントが書き込まれる。

鬼ちゃんが最初に読んだのは、1000円の投げ銭コメントだった。

「えっと、初見です。おお、初見野郎よろしくな。んで……コメントはどの程度の質問まで答えるの……って？　まあ、他の配信者と同じラインだな。身バレするような質問は当然NG。だから金をドブに捨てるような質問はやめてくれな」

お金を稼ぐ大変さ、その大切さは知っている。

質問に答えることなく、お金をいただくような行動は取りたくないのだ。

この気持ちは、視聴者にも伝わったらしい。

【今思えば、ところどころ優しさ出てんだよなぁ……コイツ】

【こんなお兄ちゃんがいる妹さんが羨ましいよおー】

【なんだかんだ妹ちゃんもブラコンっぽくね？】

【練習垢のIDがバレたら絶対キモがられるって（笑）】

口調は乱暴だが、相手のことを考えている言葉。

意図せずツンデレ属性を持つ鬼ちゃんになっているのだ。

鬼ちゃんはボット撃ちを続けながら質問タイムを続ける。

２５００円の投げ銭。【最近、妹ちゃんとどんなやり取りしたか教えて！】と。

「まあ……俺に妹がいるかどうかは知らんが、怒られたわ。靴べらで尻しばかれたし」

【靴べら www】

【なにをしたらそうなるんだよお前】

【なんかしょげてね？　声】

【そりゃ大好きな妹に怒られたら萎えてもしょうがねえよ（笑）】

あの放送事故で妹の声が流れ、なぜかファンが着々と増えている現状なのだ。

【怒られた理由は？】のコメントがたくさん流れ、すぐに詳細を話す。

「怒られた理由はその……俺が完全に悪《わり》ぃんだけど、帰る時間を連絡してなかったんだよ。心配させたからしばかれた」

【クソやんお前！】

【最っ低やな！】

【腹切って詫《わ》びろ】

【妹を心配させせんじゃねーよ】

説明した途端、罵詈《ばり》雑言《ぞうごん》が飛び交う。鬼ちゃんの味方をする視聴者はおらず、容赦ないコメントが流れる。

「は？」

　不利な状況であればあるだけ、抵抗したくなるもの。

　この内容を見て鬼ちゃんはすぐ声を荒らげるのだ。

「お前らうっせーよ。俺が悪いって言ってんだろ。クソ反省しとるわバカが」

【コイツキレやがったw】

【逆ギレかよ（笑）】

【なんか思った以上に反省してそう】

【妹に尻に叩《たた》かれてる鬼ちゃんの構図だけでオモロい】

　キレながらボット撃ちを続ける鬼ちゃんだが、銃弾の命中率はさすがの最上位《プレデター》プレイヤーである。

　飽きさせない画面を視聴者に見せながら、次のコメントを見れば――。

【妹ちゃんのことは大好きですか？】５０００円の投げ銭。

「……あ、あのさぁ、もっと別のこと質問しようぜ……？　それを答えても５０００円の価値ねえだろ」

【切り抜きが目的だろこれ（笑）】

【オラ、早く答えろよ！】

【身バレしないことなら答えるって言っちゃったから仕方ねえよ】

【答えてくれるよなあ!?】

「はあ……」

　盛り上がるコメント欄。鬼ちゃんはボット撃ちをやめ、頭を掻《か》きながら答えた。

「……まあ、チョコよりは上だわ。ってか、俺の部屋防音じゃないからマジでこんな質問はやめてくれ。頼むわ本当」

【お前のチョコの基準はどのくらいなんだよｗ】

【そんなこと言うから妹攻めされるんよ……】

【妹さんこの配信見てねえかなぁ】

【鬼ちゃんが質問にもっと制限かけないのが悪いわｗ】

　視聴者の言う通りだろう。

『言えばわかってくれる』と思っている鬼ちゃんが悪い。正論が多く流れた結果、妹攻めは当然のように繰り返される。

【じゃあ妹の好きなところを聞こうか】と、７０００円。

「いや、またこっち系かよ。って、『じゃあ』ってなんだよ……」

　コメントを拾いたくないのは山々だが、お金をもらっている。恥ずかしさを殺して答えるしかない。

「まあその……好きなところあるけどさ……？　優しいところだったり、料理が上手なところだったり、何事に対しても一生懸命だし、プレゼントしたものはなんでも大事にしてくれるし……。って、もう終了！　なんなんだよこの時間……」

二人きりの家族で、両親に代わって大黒柱を務めている春斗《はると》なのだ。親目線になるのは仕方のないこと。

「てか、みんなこんな感じだろ？　きょうだいのいるやつは」

【いやいやいやいや、んなわけ】

【聞くだけで妹ちゃんがいい人だってことわかるわー】

【こんなやつが煽《あお》り系してるんかよ（笑）】

【さすがはOimo_daisukiってＩＤつけるだけはあるわw】

「そろそろ別の話題にしようぜ。次は……って、また妹の話かよ！　俺の配信なんだから、少しは俺に興味持てよ」

ずっと同じ話題で飽きないのか？　なんて心配は杞憂《きゆう》だった。視聴者はなぜか増え続けている。比例するように高評価数までも。

そして、連続した妹の話題もようやく途切れる。次の質問でドーンと入れ込まれたのだ。

今日初めてとなる５桁の投げ銭。【この前Ayayaとコラボしてたけど、配信外のAyayaってどんな感じ？】という１万２０００円の質問が。

「また俺のことじゃねえし！って、お前らに聞きたいんだけど、他の配信者について〜って、他の配信者もこんな質問に答えてるもんなのか？」

誰ともコラボをするようなキャラじゃないからこそ、その要領を摑《つか》めなかった。

本音を言えば、答えたくはなかった。

鬼ちゃんは煽るキャラ。別の配信者に触れるようなキャラではないのだ。

【実際に答える人と答えない人がいる】

【ああ、鬼ちゃん今まで誰ともコラボしてなかったから、そこら辺わからないのか】

【妹ちゃんと同じくらい気になるやつ出てきたな】

【ボロボロに叩くか!?　どうなのか!?】

実際、トラブルを避けるためという理由で『配信中に別の配信者の名前を出さないで』という注意書きをしている配信者もいる。が、鬼ちゃんはそうではない。

今まで誰とも関わってなかったことで、そんな注意書きをする理由もなかったのだ。

（ノーコメントはノーコメントで悪い憶測が流れそうだよな……。Ayayaさんに迷惑かけるわけにもいかないし……）

黙秘＝都合が悪い＝配信外のAyayaは態度が悪い。のように考える視聴者が現れたら、目も当てられない。

自身の配信中に人を褒めることは避けたいが、こればかりは注意書きをしていなかった自分のミス。

思ったことを正直に答えるのが一番だろう。

「ま、まあ……お金もらったことだし少しだけ言うけど……これに関してそもそも叩くことがねえよ。配信者目線で見てもアレは凄《すげ》えなって思うばかりだし」

【え、あの鬼ちゃんが!?】

【声色がいきなり変わったんだけどｗ】

【優しいお兄ちゃんの声が出てきた】

【どの配信者よりも面白い質問タイムだわ（笑）】

この時、鬼ちゃんはコメント欄を見ていなかった。天井を見て思い出すように答えていたのだ。

「アレのチャンネル、登録者数って確か30万人……？　あ、今は35万くらいか。この業界は登録者数でパワーバランスが決まるようなもんだけど、俺とはクソ差があるのに見下すような態度は一切なかったし、こんな俺相手にも丁寧に対応してくれたし、本当ヤバいヤツだよ。だからあれだけファンがついてるのも納得だし、もっと伸びてほしいと思う。てかもっと伸びなきゃおかしいわな」

【めちゃくそ褒めるやん！　お前もしかして好きなのか!?】

【Ayaya の好感度爆上がりなんだけど（笑）】

【彼女のチャンネル登録もしてくるわ！】

【おいおーい。お前のキャラ崩壊してるぞー】

「……あ、それでその質問まだ答えてなかったが、Ayaya は配信中も配信外も変わらん。そのまんま」

【1万2000円の価値がある情報だった！】

【さすがは俺の Ayaya だわ】

【鬼ちゃんもこのくらい評価されるといいな！】

【てか、キャラ崩壊やんもう（笑）】

「……ッ」

思ったことを言い終え、視線をPCに戻した時に鬼ちゃんはようやく現状に気づく。

意識的に咳払《せきばら》いをして、ボット撃ちに戻りながら言うのだ。

「ま、まあ、そんなヤツも結局は俺が踏み台にして、甘い汁吸う予定だからよろしくなお前ら」

【よろしくな、じゃねえよ（笑）】

【その取り繕い方はもう意味ないw】

【ここも切り抜きされるな……】

【台本もっと用意しとけな！】

この日、この質問コーナーだけで今までで最高の投げ銭額を達成した鬼ちゃんは、ランク戦でも好調のプレイングを見せるのだった。

∮

そんな配信がされた翌日の朝である。

「げっ!?」

ビヨーンと寝癖を立たせたパジャマ姿の白雪綾《しらゆきあや》は、アラームを止めたスマホを見て目を丸くしていた。

睡魔は一瞬にして飛び、カエルが潰れたような声を出すのだ。

「な、なななにが起きちょっとこれ!?」

彼女の視界に入っているのは、表示上限数を振り切ったTwitto《ツイット》の通知と、相互フォロワーしか送ることのできない20件のＤＭ。

今までに何度かこの通知数を体験したことがある彼女だが、それは有名配信者とコラボしたり、大会でよい成績を収めたりした時。

今回、話題になることはなにもしていないからこそ、アレが脳裏をよぎるのだ。

「こ、これ……炎上しとるよね!?　や、やっぱりあの視聴者さんが拡散したっちゃろうか!?」

昨日、プライベートで鬼ちゃんとゲームをしたという炎上の心当たりがあるのだ。

……が、意図的ではない。

現実で顔を合わせていた春斗が、まさかの鬼ちゃんだったからこそのトラブル。

情状酌量の余地はある。むしろ許されるべきことだが、そう簡単に終わらないのがこの業界の大変なところ。

男性視聴者が8割を超える彼女のコンテンツは、男の影が見えただけでも炎上してしまうのだ。

「ううぅ……。本当に悪気があったわけじゃないっちゃん……」

生活費と学費を配信で稼いでいる綾にとって、炎上は一番恐ろしいもの。

今すぐにこの現実を忘れたい。そんな気持ちに襲われるが、配信者としての責任はきちんと果たさなければならない。

「ま、まずは内容を確認せんと……」

震える指を画面に近づけ、目を瞑《つぶ》りながら通知欄をタップした綾は、ゆっくり目を開けていく。

「っ」

そして、画面を見た瞬間、今までの不安が杞憂だったことに気づくのだ。

『やっぱりAyaya最高！　これから頑張ってな！』

『これからもついていくぜ！　ウェーイ！』

『さすがは俺のAyayaだわ!!』

『もっと応援するぜ！』

「へ……？」

予想もしていなかった賞賛コメントに目を擦《こす》って再度確認するも、幻覚を見ていたわけではない。

通知欄には褒め言葉がズラリと並んでいるのだ。

「な、なにが起きとる……と？」

状況についていけないのは当然。

なにもしていないのに、なんの自覚もないのに、なぜか評価が上がっているのだから。

詳しい内容を知るため、もう少し通知を漁《あさ》っていけば――。

『昨日の鬼ちゃんの配信で Ayaya 褒められてたよ！　これがそのＵＲＬね！』

ようやくその要因を見つける。

「えっ!?　お、鬼ちゃんがうちのことを褒めてくれたと……!?　配信中に!?」

煽り系の鬼ちゃんが配信者を褒めるなんて、今までになかったこと。

送られたＵＲＬを反射的に押す綾は、MouTube の動画を再生させながらコメント欄を見る。

そのトップには、視聴者が書いたまとめが表示されていた。

04：27　鬼ちゃんの質問タイム。

07：13　妹ちゃんに触れる。

09：10　鬼ちゃん逆ギレ。

その文字に続き――。

12：49　Ayaya 褒める1。

14：10　Ayaya 褒める2。

17：41　Ayaya 触れる1。

18：20　Ayaya触れる2。

気になる内容がたくさん書かれているが、一番気になるのは自身のこと。

ゴクンと喉を鳴らして12：49の時間を押すと、すぐに流れるのはこの声、正真正銘、鬼ちゃんの声だった。

『これに関してそもそも叩《たた》くことがねえよ。配信者目線で見てもアレは凄えなって思うばかりだし』

「っ!?」

『アレのチャンネル、登録者数って確か30万人……？　あ、今は35万くらいか。この業界は登録者数でパワーバランスが決まるようなもんだけど、俺とはクソ差があるのに見下すような態度は一切なかったし、こんな俺相手にも丁寧に対応してくれたし、本当ヤバいヤツだよ。だからあれだけファンがついてるのも納得だし、もっと伸びてほしいと思う。てかもっと伸びなきゃおかしいわ』

そして、視聴者のコメントを見たのか、すぐに焦った声が聞こえる。

『ま、まあ、そんなヤツも結局は俺が踏み台にして、甘い汁吸う予定だからよろしくなお前ら』

「も、もう……。なん言っとうとね……」

思わずツッコミを入れ、頬を赤く染める彼女は14：10の『褒める2』を押す。

『Ayayaさんの凄《すご》いと思うところを配信者目線で教えてほしい……って？　まあ、視聴者を退屈させないような工夫を凝らしてるところじゃねーの。アイツ配信中は常になにかをしてる状態だろ？　チャンネルが大きくなっても未《いま》だにそこを意識してやってるのは、視聴者のことを大切にしてるからだと思う。俺と違ってな』

「鬼ちゃんそんなところまで見てくれとるんやね……。って、鬼ちゃんだって意識しよるくせに……」

ブーメランという言葉を贈りたいもの。

次に17：41を押す。

『え、えっとAyayaの可愛《かわい》いところ教えてくれって？……いや、すまん。アレの可愛いところは見つからんわ。ゲーム中にそんなこと思わんし、一応は仕事のスイッチが入ってるからな』

「……」

最後に18：20。

『Ayayaの好きなところは？って、お前らお金出せばなんでも答えてくれると思うなよマジで。好きなところも思いつかねえよ。実際のところお前らが思ってる以上に関わりはねえんだから』

「…………」

この二つに関しては、鬼ちゃんらしさが全開に出た返事。

視聴者の何人もが【そんなことないやろ!?】【酷《ひど》すぎw】【マジかよ】【あーあ、嫌われるなそれは】なんてコメントを書いているが……綾は違う。

目を細めて、喜色の表情を浮かべていたのだ。

「ありがとーね、春斗《はると》さん……」

この行動には感謝でいっぱいだった。同じ配信者だからこそわかるのだ。

褒めるラインを見極めてくれている、と。

最後の二つに関しては、配信者としてどうかではなく、『異性としてどうか』という質問にも捉えられる。

これらの質問に対し『ここが可愛い』や『ここが好き』なんて答えたのなら、当たり前に噂《うわさ》が立つだろう。

鬼ちゃんがAyayaにアピールをしている、と。

鬼ちゃんがAyayaのことを狙っている、と。

もしかして付き合っているんじゃないか、と。

そんな話が広まった時点で、Ayayaの男性ファンは鬼ちゃんを煙たがる。毛嫌いする。

視聴者同士での対立も生まれる。コラボもしづらくなる。お互い配信を続けるためにも距離を置かなければいけなくなる。

全てがマイナスの環境になってしまうのだ。

二人の配信者が両者の視聴者に認められた関係でいるのは『お互いが異性として見てお

らず、ただの配信仲間』という前提があるから。

鬼ちゃんは、その前提を崩さないような線引きをしっかりと行っていたのだ。

「本当、鬼ちゃんってば……。そんなに守ってくれたら、いろいろ想《おも》っちゃうやろ……」

自分の印象が悪くなることを覚悟で線引きをしてくれたのだ。煽《あお》り系というキャラだとしても、大きなダメージを負うにもかかわらず……。

朝日が体に当たっているせいか、ポカポカと胸が温かくなる。

心臓もドキドキと高鳴ってくる。

「って、うちチョロすぎやろ……！　まずは文句を言わんと。うちを踏み台にするとか酷いこと言ったけんね、うん!!」

両頬をパンと叩いて気持ちを切り替える。

この部屋に聞こえるのは、再生中の鬼ちゃんの声。

「はあ……。春斗さんに会いたくなったのは、バレないようにせんといかんね……」

天井を見上げて呟《つぶや》く綾は、熱っぽい声を漏らすのだった。

「今はこんなファッションが人気なんだなぁ……。これなんかゆーに似合うかも」

今日も今日とてブックカフェで働き、現在は19時の休憩中。

女性誌を見ながら独り言を漏らす春斗は、スマホも使ってファッションをチェックしていた。

もちろんこれには理由があり、『こんな服があったんだけど、どう？　今度一緒に探しに行かない？』なんて話題を柚乃《ゆの》に出すため。

週に2回のバイトをしている妹だが、働いた稼ぎは全て将来の貯金に充てているのだ。なにを言っても必要最低限のものしか買おうとせず、オシャレに興味を持っているのに遠慮しているのだ。

「これで少しは気持ちを緩めてくれたら嬉《うれ》しいんだけどな……。お金のことは俺がなんとかするんだから……」

この家庭環境だからこそ、我慢に拍車が掛かっているのだろう。

しかし、不自由のない生活をしてほしいというのが兄の本心あり、時折このように作戦を練っているのだ。

「……おっ、これなんかめっちゃいいじゃん」

柚乃が着ている姿を想像して、無意識に表情が和らぐ。

完全に一人の世界に入りながら10分、20分と休憩時間を過ごしていた矢先だった。

「ふんふん。この黒のワンピースが気になっとうと?」

横からの声。

「これも気になってるんだけど、露出がちょっと多めなのがなぁ……。もうじき夏だから仕方がないのはわかってるんだけどさ」

「……も、もしかして彼女さんに?」

「彼女なんていないよ。妹に買ってあげたいなって思ってて」

「そ、そっか!　そっかそっか!　相変わらずやね、鬼ちゃんは。ふふっ」

「……ん?」

耳元で『鬼ちゃん』と呼ばれたことでようやく疑問に気づく。なぜか会話が成立していたことに。

パチパチとまばたきを繰り返し、首を回して隣を見ようとすれば——。

「冷たッ!」

「にひひ、こんばんは〜」

「白雪《しらゆき》さん!?」

ニヤニヤした顔で冷えた抹茶ラテを首に当ててくる綾《あや》がいた。こんなアクションを取られたのは初めてのこと。

「えっと、今日はなんかいいことあったの？」

「うんっ！　いい情報ゲットしたけん、もうご機嫌よ！　今日来てよかったばい」

「ほ、ほう……」

「春斗さんは今休憩中？」

「うん、休憩中で残り15分くらいだね。っと、気が利かなくてごめんね、隣どうぞ」

「本当によかと？　休憩中ずっとうちに構わんといかんくなるよ？」

「あはは、むしろ是非。暇してたから話し相手が欲しかったところで」

「じゃあ座らせてもらお！」

「どうぞどうぞ」

　おいしょっ、と掛け声を上げて隣に座る綾は、抹茶ラテをテーブルに置いて話す体勢を取った。

「それにしても、白雪さんが休日に来るの珍しいね。いつも平日の大学終わりだから」

「春斗さんに会いたくなってねー」

「ほ、本当は？」

　危ない。気持ちのこもった声に騙《だま》されそうになる。本気になっていたらからかわれていただろう。

「えっとね、お仕事が終わったけん、贅沢《ぜいたく》しに来た。あとは編集のお仕事もしようかなって」

「おっ、なるほどね。仕事は楽しくやれた？」

「もちろん楽しくやれたけど、いつも以上に疲れたよねぇ。なんかね、コメントが普段と違って」

「え？　それってアンチコメントで？」

「そうじゃなくって、なぜか同業者さんのお名前がコメントに流れまくりでね。それで対応にばり困ったとよね～」

「そ、それってもしかして……」

濁された言い方をされるも、思い当たる節がある。

間違っていてほしい。なんて願望を抱いて首を傾《かし》げれば、詳細が話される。

「【鬼なんちゃらって名前の人が褒めてました】とか」

「……」

「【酷いことも言ってました】とか」

「あ、いや……それは」

「【踏み台にするらしいですよ】とか」

「あ、あはは……。そうなんだ……」

「そうなんよー」

身バレを気にした言い方をしてくれるも、彼女の表情が『おいお前！　お前のことよ!!』と言っている。

「その人、妹さんに靴べらでお尻を叩《たた》かれたらしいね」

「へ、へえ……。それはさぞかし悪いことをしちゃったんだろうね……」

昨日の配信をチェックしていなければ言えない内容ばかり。間違いなく配信を見ていると言える。

（俺のチャンネルをAyayaさんが見るなんて普通思わないって……。あ、視聴者がチクった可能性があるのか……）

思い返せば、配信でたくさんの悪口を残した。

チャンネル登録者数30万人超えの大物配信者、Ayayaのことを『アレ』呼ばわりしたり、『可愛いところなんてない』なんて言ったり、『好きなところなんてない』とか言ったり。

今思えばもっと別の言い方があった気がする。

「えっと、弁明させてもらいたいんだけど、本心じゃないからね。悪口のところ……。白雪さんもなんとなくわかってると思うけど、異性として見てるって視聴者に思われるといろいろ大変だから」

「そんなこと言って、実は本心だったり」

「いやいや、絶対にそんなことない！」

「ふふ、そげん慌てられるとうちが照れるっちゃけど」

「……も、もう」

目を細めながらストローを口に咥《くわ》える彼女。

からかわれたことに今気づく。

「ちなみにだけど……動画見た？　それとも教えてもらった？」

頬を掻《か》きながら視線を逸《そ》らす。

「視聴者さんから情報をもらって、今朝全部確認しちゃった」

「そ、そっか。なにかとごめんね。こんなキャラだから気をつけているんだけどさ」

「迷惑になんて思っとらんよ？　現金やけど、もっとうちの話題を出してほしいくらいやもん。春斗さんが話題に出してくれたおかげで、今日は普段の2倍の視聴者さんが来てくれて」

「普段の2倍だと……1万人くらい？」

「ふっふっふ。春斗さんのおかげでね！　目標をこんな風に超えるとは思っとらんかったよ」

不敵な笑みを浮かべたかと思えば、彼女は器用に柔らかい表情に変えた。

コラボをしたり、大会に参加したりした時などは1万前後の視聴者を集めているAyayaだが、この口ぶりからするに『一人配信での目標』だったのだろう。

「いやいや、俺のおかげってそれは違うよ。1万人を留《とど》めておけたのは白雪さんの実力なんだから、もっと自分を誇るべきだって」

「あは。春斗さんは本当に優しいね」

「当たり前のことを言ってるだけだって。あ、アンチの方は大丈夫？　視聴者が増えれば増えるだけ多くなるから」

「ほら、やっぱり優しいやん」

「え？」

「え？　じゃないやろ！　当たり前って言った側《そば》から、うちのこと心配してくれとうし」

「白雪さんは白雪さんで相手を立てるのが上手だよね」

「へっ？」

「それも当たり前のことだよ。友達なんだし、お互い秘密を共有してる仲なんだから」

「……ぅ、も、もうよか。それが春斗《はると》さんやもんね。……これ絶対人たらしとる……」

なにか間違ったことを言ったのか、聞き取れないようなボソボソ声で視線を逸らされる。

「そ、そんな性格なのによく煽り系で攻めようとしたね？　春斗さんは。今やからわかるけど、本当一番合ってないタイプやろ？」

「あはは、それは妹にも言われるよ。今でも仕事中の声を聞かれるのは恥ずかしいし」

最初、柚乃にバレた時は大変だった。

『大事な話がある』と夕食時に言われ、『お兄ちゃん大丈夫？　なにがあったのか教えてよ』と、それはもう息が止まってしまうような真剣な表情で。

誤解だと伝えても全く信じてくれず、話し合いに1時間以上使ったほど。

「でも、理解してくれてるだけ本当にありがたいよ。家の中であんな声が響いてたら、俺のこと嫌いになってもおかしくないしね。実際に視聴者を稼ぐために悪いことをしてるわけで」

「ふふ、それはそうやけど、妹さんが味方ならもう無敵やろう」

「ま、まあね？」

からかい半分、面白半分の問いかけに、冗談交じりに返す。

話が一つ終わったところで時計を確認すれば、休憩終了まで3分を切っていた。

「それじゃ、俺はそろそろ仕事に戻るね」

「はーい。うちも最後まで残るつもりやけん、一緒に帰ろ？」

「もちろん」

正直なところ、この申し出は嬉しかった。

楽しい時間を過ごせるというのはもちろん、同じ配信者として彼女には相談したいことがあったのだ。


「今日もお疲れ様」

「うんっ！　春斗さんもお疲れ様！」

問題なくバイトを終えた22時。私服に着替えて外に出ていつも通りの挨拶を彼女と交わし、一緒に帰路に就く。

「ね、今日はうち春斗さんをお家《うち》まで送ってあげる！」

「お断りします」

「え、なんでっ!?　結構勇気出して言ったっちゃけど！」

「はは、別に嫌なわけじゃないよ。ただ今日は白雪さんにとっておめでたい日だから、俺に送らせてよ」

　年下の、しかも女の子に送られるというのは……なんて気持ちもあるが、口に出した気持ちの方が強い。

「うちにとっておめでたい日？」

「そう。今日の配信で目標にしてた視聴者数を超えたでしょ？　1万人の」

「あっ、えへへ……。それを言われたら甘えるしかなくなるね」

　ここで今日一番の笑顔を見せてくれる。

「じゃあ、送るのは俺ってことで」

「はーい！……うわっ!?」

　足元からガツンッ、という音。

「ちょ、大丈夫!?」

「大丈夫大丈夫！　躓《つまず》いただけやけん」

「外も暗いから注意してね」

「うんっ！　ありがとう」

　彼女は配信者であり、プロゲーミングチームにも所属している。コケて手を怪《け》我《が》でもすれば、ゲームプレイに支障が出てしまう。

一番気をつけなければならないことだ。

「それにしても、本当に凄《すご》い目標を達成したよね」

「うちが一番驚いとるよ。鬼ちゃんから誘導してもらえたこともそうやけど、正直、目標を達成できるなんて思っとらんかったけん。……ずっとね」

「ずっと？」

「うん。これは誰にも言ってなかったっちゃけど、ここ最近はずっと伸び悩んでてね。贅沢な悩みやけど、チャンネル登録者さんも視聴者数もほぼ横ばいの状態で」

「え、そうだったんだ。とてもそんな風には思ってなかったよ」

『マイナスになってなければいいじゃないか』なんて意見もあるだろうが、『もっともっと有名になりたい！』『たくさんの人を楽しませたい！』というのが配信者全員にあるモチベーションである。

「隠そう隠そうって頑張ったけんね。うちのキャラやと、悩みを見せるのはちょっと違うやろ？」

「明るいキャラだからこそ、か。それに30万人以上のチャンネル登録者を持ってる人がそんな悩みを言えば、同業の敵を作っちゃうもんね。親しい人ばかりに伝わるわけじゃないし」

「さすがは配信者やねえ」

「同じ環境で戦ってるから、ある程度はね」

　チャンネル登録者の数は違えど、同じ仕事をしているからこそ理解できることは多いのだ。

「うちが配信メインから動画を編集して投稿しようと思った理由は、その悩みがあったからやとよね。配信だけじゃ厳しいって思ったけん、別の柱を立ててみようって」

「……」

「そんな状況で目標を達成できたけん、本当に嬉《うれ》しかった」

　有名配信者なのは伊達《だて》ではなかった。まだ若いにもかかわらず、慢心せずによく考えて行動に移しているのだから。

「……鬼ちゃんには救われてばっかりよ。こうしてまた伸びるようになったのは、鬼ちゃんと絡むようになってからやけんね」

「そう言ってもらえると嬉しいよ」

（伸び悩みを解決した点に心当たりないけどね……）

　と、心の中でツッコミを入れる。

「ねっ、春斗さんは悩みごととかないと？　うちができることで恩返しできたらなぁって」

「実はある」

「本当!?」

と、食いついてきたかと思えば――。

「あっ、ああ～！　ごめんねっ！　悩みがあることが嬉しいわけじゃなくって!!」

「はは、ちゃんとわかってるよ」

両手をブンブン振ってもの凄い慌てようだ。

「……このタイミングだから言えることだけど、白雪《しらゆき》さんに一つ相談しようと思ってて。配信の件で腹を割って話せる相手は白雪さんくらいしかいないから」

「全力で相談に乗るけん、大船に乗ったつもりで！」

「ありがとう。それは心強いよ」

両手で握りこぶしを作り、グッと気合いを入れた綾。年下に相談するのはちょっぴり恥ずかしいが、この件に関して彼女以上に頼りになる相談相手はいない。

「えっと、それで早速相談させてほしいんだけど……」

「うんっ！」

「最近は今後の方向性をどうしていこうか、日に日に悩むことが増えていってて……」

「簡単に言うと、今まで通り煽《あお》り系の配信をするか、素の配信に変えるかってことで合っとう？」

「全くもってその通りだよ」

事情を知っているだけあって、やはり適任の相談相手である。少し話しただけで的確に理解してくれる。

「今のチャンネル登録者数なんだけど、18万人にまで増えてて……。最初に積み上げてきた10万人があと2万で抜かれるんだって思うと、いろいろ思うところがあって。短期間でここまで伸びてるからなおさらっていうか」

「春斗さんが考えとるのは、20万人の節目で煽り系を卒業してもいいかなぁ、みたいな？」

「そんな感じ……かな。最近はどんなキャラだと視聴者が喜ぶのかわからなくなって」

　1年以上積み上げてきたものが、1ヶ月も経《た》たずに追いつかれるかもしれない。配信者としては嬉しい状況だが、方向性に迷いが出る伸び方でもある。

「もしうちが春斗さんの立場やったら、同じ悩みがきっと出てくるやろうね。伸び方が尋常じゃないもん」

「……あ、あはは。そうだよね」

「でも第三者やけん、うちの意見はあるばい。その中で取捨選択はした方がいいやろうけどね」

　そんな丁寧な前置きをして、彼女はゆったりとした落ち着きのある声で話し始めるのだ。

「まず、鬼ちゃんが積み上げてきたものは一つも無駄になっとらんよ。たくさん積み重ねてきて、煽り系ってキャラを築きあげられてなかったら、今の結果に繋《つな》がることは絶対なかったやろ？」

「うん」

「やけん、今までの頑張りはなにも無駄になってるわけじゃないよ」

「……」

まるで心を見透かしたような言葉。

たくさんの苦労や努力を重ね続け、登録者10万人を突破したという経緯があったからこそ、無意識の抵抗があったことに気づく。

『こんなにあっさりもう10万の数字を超されたくはない』と。

『こんな短期間で20万になってしまったのなら、今までの頑張りはなんだったんだ』と。

「あぁ、そっか……。そう考えるべきだったのか……」

悩みの発生源はここだったのだと、視野が狭くなっていたと理解する。

全ては自分の捉え方が間違っていたのだ。

「……実はうちも始めたてに同じこと思ったことあるとよね」

「そ、そうなの？」

「うん。一生懸命打ち込んでるのにこれっぽっちも芽が出なくて、引退も考えてた時期に偶然有名配信者とマッチングして、今までにないくらい伸びて……。嬉しいことやっちゃけど、これまでの頑張りはなんだったんだろうって考えちゃって」

「……」

「でも、今までの頑張りがなかったら、ファンになってくれた人はファンになってなかったかもって思うようにしたら、凄く楽になったとよ」

はにかむような小さな笑み。それは心が軽くなる表情だった。

「あ、それで話を戻すっちゃけど、春斗《はると》さんは今のキャラを貫き続けた方がよかと思うよ。もし今のキャラを変えたら、20万人の半分しかついてこんくなって、うちと同じように伸び悩む時期がくると思うし、鬼ちゃんにしかない今の魅力が消えることにもなるやろ？　視聴者さんをからかって、視聴者さんにからわられる。これが鬼ちゃんには一番合っとうよ」

――これが一番やりやすい配信よね？　と言っているように伝わってくるのは気のせいだろうか。

自分のことではないのにここまで的確に言えるのは、強みやウリ、視聴者に対してウケている要素などを分析しているからだろう。

本当に18歳なの？　なんて思ってしまうほど言い返す言葉がない。

陰で分析という名の努力をしているその一端が見えた瞬間だった。

「俺ももっと勉強しないとな……」

「まあ、うちが鬼ちゃんの素を独り占めしたいからって理由もあるっちゃけどね？」

「な、なんだそれ。酷《ひど》いなぁ」

「私利私欲は大事やけんね～」

ニヤリと笑い、悩み相談が終わったことを察して冗談を言う。

これだけで相談中に漂っていた重ための空気が払われ、いつもの明るい雰囲気に変わった。

　これは配信者として培った腕だろう。年下であるのにもかかわらず、まだまだ勝てないところばかりだ。

「20万人の登録者を超えたら、次の目標はAyayaさんのチャンネル登録者数を超える！　にするよ」

「もしその目標を達成できたら、好きなこと一つなーんでも聞いてあげる」

「それは随分と強気で」

「負ける気ないもん！　負けたくないもん！」

「あははっ、なるどね」

「ふふっ、なるほどよ」

　今日は相談してよかった。心の底からそう思えた。

　そして気づけばいつもの分かれ道にまでたどり着いていた。そんな時である。

「おわっ！」

「だ、大丈夫!?」

「あ、危なかった〜！　段差に躓くなんてドジやね、うち」

　本日2回目。ガツッ！　と転《こ》けそうな勢いで躓いた彼女。かなりヒヤッとしたのだろう、大きな目をパチクリさせている。

　そして、躓いたのは小石ではない。間違いなく段差である。

「珍しいね？　そんなに躓くの」

「ま、まあね！」

「……ん？」

気のせいではない。今、明らかに視線が泳いだ。

「白雪さん、なにか隠してることない？」

「っ!?」

今度は息も呑《の》んだ。

「あ、あのさ、もしかして白雪さん病気だったりする？　何度も躓《つまず》く原因は病気にあるって聞いたりするから」

「全然病気じゃない!!　病気じゃなくって……」

「病気じゃなくって……？」

言い淀《よど》む彼女も珍しい。心配しながら聞き返したが——心配は杞憂《きゆう》だった。

「あ、あのね、春斗さんを外で待っとう時、コンタクトが片方外れてしまって……」

「コ、コンタクト？　あ、ああー。だから距離感が摑《つか》めてないのか」

「うん……。裏表間違えてつけてしまったとやろか？　たまにあるとよね」

「それはどうだろう……」

こちらを向いて困ったように首を傾《かし》げた。可愛《かわい》らしい仕草であるが、その疑問を投げられては本当に困る。

「せめて明るい時間ならまだ……って、これを言ってもしょうがないか」

「まあ片目は見えてるけん大丈夫よ！」

「2回も躓いてるのに？」

「そ、それは言うの禁止！」

先ほどまでの頼もしさはどこへ行ったのか……。こういうところは年相応というのか、年下らしく見える。

（ゆーもこんなところあるんだよな……）

ふとそんなことを思ってしまったからか、スラッと言葉が出る。

「白雪さんがよかったらだけど、手、繋ぐ？　手首を摑むでも大丈夫だよ」

「へっ!?」

「だってまた躓くでしょ？」

「ぅ……」

「コケて怪我《けが》でもしたら配信に影響出るだろうし、今は特に勢いがある時なんだから」

「うぅ……」

頭の中ではわかっているのか、言えば言うだけ「確かにぃ」なんて唸《うな》り声《ごえ》が漏れてくる。

「もちろん無理強いはしないけど、どうする？」

手を伸ばしながら改めて確認すれば、彼女はソワソワとしながら口を開いた。

「えっと、あの、じゃあ春斗さんのシャツの裾……握っても……よ、よかです……？」

「もちろん大丈夫だけど、なんか随分と丁寧な口調になったね？」

「だ、だって、こげなことするの小学校以来やっちゃもん……」

「へえ……」

それを行動で証明するように、プルプルと震える指で遠慮がちにシャツの裾を握った綾《あや》は、足元に注意を払うためか下を向いた。

身長差があるからか、はたまた緊張して縮こまっているからか、迷子の子どもを相手にしているようにも思える。

「って、え!?　さすがにそれは嘘《うそ》でしょ？　小学校以来って」

「恥ずかしくなるような嘘つかんよ……。慣れとったら春斗さんと手繋ぐもん……」

「ま、まあ……」

可愛らしい容姿に優しい性格。そんな彼女がモテないわけがないが、本当だと思えるくらいに顔が真っ赤になっている。シャツの裾を握っているだけなのに首元まで赤くなっている。

「そ、そもそも春斗さんが慣れすぎやとよ……。う、うちだけ攻撃食らっとるのは納得いかんばい……」

「俺だって慣れてるわけじゃないよ」

「絶対信じてやらん」

裾を握った手にギュッと力を入れて、ピッピッと引っ張ってくる。少しでも反撃に転じたいのだろう。

力が弱すぎるが、彼女らしさが窺《うかが》える。

ほんのり笑いそうになりながら視線を送ると、上目遣いになった彼女と目が合った。

途端に引っ張っていた手が止まる。

「あのさ、白雪《しらゆき》さん」

「な、なんね……？」

「改めてなんだけど、今日は本当にありがとうね。相談に乗ってくれて」

方向性を定められたのは、彼女のおかげ。頭が上がらない。

「今度お礼させてほしいんだけど、『これがいいな』っていうのはあったりする？」

「気にせんでよかよ。春斗さんにはたくさん助けてもらってるもん」

「『これがいいな』っていうのはあったりする？」

「えっ、だから……」

「うん？」

「うわ、絶対言わせるつもりや」

「大正解。今思いつかないなら、思いついた時でも大丈夫だよ」

彼女の性格からしてこう言うことはわかっていた。

それでも、このお返しはちゃんとしたいのだ。

「え、えっとね、それなら……春斗さんと遊びに行きたいっちゃけど……難しい？」

「そんなことでいいの？」

「それが一番嬉《うれ》しいことやけん」

「そ、そっか……」

シャツの裾を握られている中で言われたからか、ドキッとしてしまった。デートではないかと思ってしまうが、そこまで考えていないだろう。

「春斗さんの空いてる日は土曜日だけよね？」

「そうだけど、土曜日は白雪さん配信で埋まってるよね？　だから自分がバイトのシフトを別日にズラすよ」

「ううん、土曜日で大丈夫！　でもスケジュールを確認せんとやけんまた連絡するね！」

「ありがとう。じゃあその日を楽しみに待ってる」

「うちも！」

最初は緊張の面持ちをしていたが、この予定を立てた後はニコニコとした普段の様子に戻っていた。

それから気が早いが、遊ぶ場所、時間、集合場所などを楽しく相談しながら歩き続けること数分。

「あっ、このマンションがうちのお家《うち》！」

「えっ？　ここ!?」

「うん！　上の階は防音室が備わってて」

彼女が立ち止まったのは、黒と白で統一された外観の美しい20階相当のマンション。外からは広くてこだわり抜かれたエントランスが見え、清潔感に溢《あふ》れていた。

「さ、さすがは配信者……。いいところに住んでるなぁ」

「本当はもっとお財布に優しいところに住みたいっちゃけど、防音問題がやっぱり難しくて」

「それもそうか……。防犯もしっかりしてるところじゃないと危ないしね」

「あ！　春斗さんがうちと一緒に住んでくれたら家賃も半分で、防犯ももっと完璧やね⁉」

「それはいいアイデアだ。妹も一緒に住ませていい？」

「もちろん大歓迎よ！　空き部屋もあるけんね！」

「それなら住むしかないなあ。って、ほら、冗談言ってないで早く帰る」

「ふふっ、切り替え早すぎっ！」

冗談とはいえ、信頼されていなければ言えないことだろう。加えて自宅を教えてくれたことも。

「送ってありがとうね、春斗さん」

そして、今まで握っていたシャツの裾を放して——。

「コレもありがとう、助かった！」

「こちらこそ、悩み相談に乗ってくれてありがとう」

「どーいたまてぇ」

「はは、なんだそれ」

『どういたしまして』を物凄《ものすご》く砕いて言った彼女は、大理石で作られたエントランスに向かっていく。

「それじゃ、またカフェで会おうねっ！　春斗《はると》さん！」

「はーい」

これが別れ際に交わした言葉。

バッグの中からカードキーを取り出した彼女は、認証装置に掲げて中に入っていった。

「ふ、そんな元気に手を振らなくていいのに」

入り口が閉まった後、バッと振り返った綾は、『バイバイ』と笑顔で手を振ってくれたのだった。

「う、うちのバカぁああああ……。ああもう〜！　なんでうちはお手手繋《つな》がんとっ!?　せっかくの機会やったやろ……!!」

春斗と別れてすぐのこと。

リビングにあるソファにボフンと飛び込んだ綾は、クッションに顔を埋《うず》めながら足をバタバタさせていた。

「折角の機会やったのに、なんでそげんもったいないことすると!?　もう……っ！」

自分を責める独り言は止まらない。

反省を述べる綾は、ジタバタし続け、燃料が切れたように停止する。

「はあ……。春斗さんとお手手繋ぎたかったぁ……」

『後悔』その重い二文字が背中にのしかかる。

「ずっと女子校に通ってた人はみんなこうやっちゃろうね……。うちだけが変なわけじゃないやろうし……」

中学、高校はエスカレーター式の女子校に通っていた。

異性との関わりはなかったようなもので、手を繋いだのは、小学校の遠足以来だ。

「で、でも裾を握ることができたのは大きな進歩やもんね！　うん……！　ばり緊張したけど、ちゃんとできたもんねっ！」

　気持ちの切り替えである。

　悪いことばかりじゃない。今日はいいことの方が多かったのだ。

「春斗さんは絶対思っとらんと思うけど、デートの約束もしちゃったし！　あっ、スケジュールの確認……！」

　デートすることは決まったが、何日にお出かけするのかは決まっていない。

　ガバッと体を起こし、「楽しみすぎる～！」なんて声を漏らしながら配信部屋に移動する。

　ゲーミングチェアに座ることなく、急いでスリープ状態にしていたPCを起動し、綾は管理ソフトを開いた。

「え、えっと……土曜日、土曜日は……」

　今週、案件。

　来週、コラボ配信。

　再来週、大会。

　再々来週、予定なし。

「デートは最短で3週間後……。うー、でもこればっかりは仕方ない……」

　できることならば、1日でも早くデートをしたいが、仕事は優先しなければならない。

「よし！　これを楽しみにして頑張ろっ！　時間があるってことは、デートのプランを考えられるってことやもんね！」

言い聞かせながら、再々来週の土曜日のカレンダーをクリックし、キーボードに手を伸ばす。

『春斗さんとデート（仮）』と打ち込む。

「……ハートつけとこ。ピンク色にもしとこ。ふふっ」

まだまだ先の話。それでも、スケジュール帳にこの文字を入れられただけで本当に嬉しかった。

「ちょ、う、うちニヤけすぎ……。こ、このくらいでこんなになるのはダメやろ……」

パソコンの液晶に薄《うっす》ら映った自分の顔を見て、だらしなく緩んでいることに気づく。

頬を抓《つね》ってなんとか戻そうとするが、なかなか上手《うま》くいかない。

「か、顔もどんどん熱くなって……」

それだけではない。心臓の音までも大きくなってくる。

「う、うちチョロすぎやろ……！　こ、こんな調子じゃ絶対保《も》たんのに……」

急に体に力が入らなくなる。チェアを回し、すぐに腰を下ろす。

「う、うち……本気で春斗さんに恋しとうかも……」

今までは気になっているだけだった。それが今ではもう――。

湧き上がる恥ずかしさを隠すように、デスクの上に突っ伏す。

「……ううん、春斗さんのこと好きっちゃん……」

自分の気持ちを理解した瞬間だった。

キーンコーンカーンコーン。

聞き慣れた学校のチャイム。

土曜日の午前授業を終え、放課後を迎えた教室では――。

「涼羽《すずは》ちゃん、さっき返却されたテストの点数どうだった？」

「96点……だよ」

「っ！　やっぱりクラスの最高得点は涼羽ちゃんだったか。さすがぁ」

柚乃《ゆの》は小学校時代からの友達である望月《もちづき》涼羽と雑談を交わしながら下校の準備を進めていた。

「柚乃ちゃんはどうだったの」

「私はなんとか90点」

「わ……。苦手教科なのに90点を取れる方がさすがだよ……？」

「ありがとー！　一応これでバカ兄貴を心配させずに済むよ」

「ふふっ、それはよかった」

ミディアムロングの銀の髪を揺らし、澄んだ青の目を細めて小さく笑う涼羽に、同じく笑顔を返す柚乃。

「あ……。春斗お兄さんは元気にしてる？」

「それはもう元気だよ。この前なんかお家《うち》に帰る連絡をせずに、1時間以上油を売ってたくらいなんだから」

「なら柚乃ちゃんお仕置きしたんだ？　春斗お兄さんに」

「『ちゃんとしろ』ってお尻バシバシ叩《たた》いてあげた」

小学校からの仲である涼羽は、柚乃の家庭環境をよく知っている。いや、詳しく知っている唯一の人物だ。

そんな身内のやり取りを楽しくしていた矢先。

「ッ⁉」

「っ‼」

「っっ⁉」

彼女らのすぐ近くで集まっていた男子3人組のクラスメイトがこの会話を耳に入れた瞬間、肩を揺らしてこちらを振り返る。

ここで男子らと目を合わせた柚乃は、すぐにジト目に変えて言い返すのだ。

「なぁに？　そこの男子は。なにか言いたそうだけど」

「「「な、なんでもねえよ！」」」

否定の口を揃《そろ》えて否定し再び輪を作る男子らだが、ここからの会話は丸聞こえである。

「お、おい。聞いたか⁉　迷惑かけただけで柚乃ちゃんにケツ叩いてもらえるんだってよ」

「お兄ちゃんが羨ましすぎるぜ……」

「最高じゃねえか……」

柚乃は知らない。また、涼羽も知らない。

『高校2年男子が思う可愛《かわい》い女子ランキング』1位、2位を獲得している二人であることを。

「うわぁ……」

そんな有名な女子だからこそ、こんな会話になるわけでもあるが——。

「ちょ、冗談だって！　そんなに引かないでくれよ柚乃っちー！　ただの冗談だろ!?」

「言っていい冗談と悪い冗談があると思うけど」

最初に弁明した男子に言葉を返せば、もう一人の男子が言い返してくる。

「そんな酷《ひど》いこと言うなよう！」

「当たり前のこと言ってるだけ」

眉をピクピクさせて反論すれば、最後の男子がこう提案してくる。

「まあまあそんなこと言わずに！　あ、今日一緒にボウリング行かかね!?　涼羽ちゃんもどうだ!?」

「わ、わたしは遠慮するね……」

「私も。って、野球部は今日部活あるでしょ？　変なこと言ってないで早く準備しなきゃ」

この言葉が男子らにトドメを刺す。

「そ、それを言うのかよ……」

「最低だぜ……」

「もう少し現実から……目を逸《そ》らしたかった」

「はいはい。3人とも頑張って」

「「「うぇーい……」」」

適当にあしらい、手を振って一区切りをつけると、涼羽との会話に戻る。

「はあ……。なんであんなに子どもっぽいんだか。高校2年生のくせに」

「柚乃ちゃんに構ってほしいだけだと思うな……。柚乃ちゃん人気者だから」

「からかわれてるだけだって、私は」

「でも、昨日も告白されてたよね？　お昼休みに」

「えっ……。も、もしかして見てたの!?」

「ううん、呼び出しをされてたからそうなのかなって思って。呼び出してた男の人、凄《すご》く緊張した顔をしてたから」

理由を述べると、細い首を傾《かし》げる。

「でも、その様子だと断ったんだ……？」

「悪い人じゃなかったんだけど、バカ兄貴と比べるとどうしても子どもっぽく見えるっていうか」

「は、春斗《はると》お兄さんと比べるのは可哀想《かわいそう》だと思うなぁ……」

「ふーん」

　両手を重ねながらおずおずと意見する涼羽を数秒見つめる柚乃は、ニヤリと口角を上げて言った。

「さすがは私のお兄ちゃんを狙ってる涼羽ちゃんで」

「っ、そんなことないよ……」

「私知ってるんだから。お兄ちゃんとおしゃべりするためにお仕事先のカフェに寄ってること」

「〜〜っ」

「ちなみに今日、バカ兄貴と一緒に外食する約束してるんだー？」

「う……」

　整った眉を八の字にする涼羽。大人しい性格ながら、気持ちがしっかり表情に表れることを知っている柚乃なのだ。

「ほら、羨ましそうな顔をした」

「も、もう……！」

「ちなみに私は涼羽ちゃんなら大歓迎だけどね。あっ、遊ぶ予定の日曜日はバカ兄貴もお家にいるからよろしくね」

「っ……うん。わかった」

青い目を大きくした後、薄らと微笑《ほほえ》む涼羽。それは驚きと喜びが交ざったものである。

「さてと、私はそろそろバイトに行かなきゃだけど、涼羽ちゃんはまだ学校に残る？　もし帰るなら――」

「うん、今日は用事があるから一緒に帰ろう？」

「よしっ！」

普段は学校に残り、自習室で勉強する涼羽と、家事や炊事、バイトをこなすために放課後はすぐに帰らなければならない柚乃。

事情が嚙《か》み合わなければ、一緒に帰ることができない二人なのだ。

それから帰宅の準備を済ませ、教室から廊下を通り、玄関に移動した彼女らには、とあるイベントが待っていた。

「おいしょ」

いつも通り背伸びしながら柚乃が靴箱を開けた時。

「わっ!?」

靴箱の中から2枚の手紙がパラパラと落ち、頭に当たるのだ。

「はあ、ビックリした……。虫かと思った」

「ま、また……だね」

『柚乃さんへ』と書かれた手紙。これだけである程度の内容はわかること。

苦笑いを浮かべ、あとに続くように涼羽も靴箱を開ければ――。

「……ぁ」

こちらもまた『涼羽さんへ』と書かれた手紙が2枚落ちてくる。

「……」

「……」

二人は無言で顔を見合わせると、膝を曲げて落ちた手紙を丁寧に拾っていく。

この一部始終を見ていた別の生徒はこう思うのだ。

『また告白されてるよ……』と。

『また犠牲者が増えるのか……』と。

『付き合うのは絶対無理だって……』と。

当人たち以外、誰も驚かないのはこの学校ではよくある光景であり、学校中に広まっている噂《うわさ》が一つあるからだ。

何十人もの相手から告白されているこの二人をたぶらかしている男《バケモノ》がいるせいで、誰も付き合うことができない！　と。

そんな規格外の男はこの時間、玄関をブンブンとホウキで元気よく掃きながら胸を高鳴らせてた。

今日はとても楽しみな用事が控えていたことで——。


その日の夕方。

「ふっ」

「な、なにお兄ちゃん。いきなりニヤニヤして……」

バイトを終わらせた柚乃は、兄と一緒にファミリーレストランに足を運んでいた。

春斗が優しい笑みを浮かべていたのは、メニュー表を一緒に見ていた時である。

「ご、ごめんごめん。ゆーと一緒に外食するの久しぶりだからつい」

「……」

「ん？」

謝りながらその理由を答えたが、言葉を返されることなくムスッとした顔で半目を作られる。

「そんなに嬉《うれ》しそうにされると気持ち悪い」

「普通じゃない？」

「どこが」

実際のところは柚乃の言う通り、『それほど嬉しそうにしていた』が正しい。

雰囲気だけ見れば、『初々しいカップル』と誤解されても仕方ないだろう。

「じ、じゃあそのくらいは許してもらえるといいな……なんて。さっきも言ったけど、久しぶりなんだから」

「久しぶりなのはお兄ちゃんが誘わないからでしょ？　誘ってくれたら断りはしないんだし」

目線を落としてメニューを捲《めく》りながら答える柚乃だが、『気軽に誘ってよ。一緒に行くから』との思いは十分に伝わる。

「あっ、それじゃあ1ヶ月に2回くらいは外食に行く日を作ってみる？　その方がゆーも楽になるだろうし、リラックスもできるだろうしさ。毎日メニューを考えるのも大変でしょ……？」

「それはヤ」

「え、ヤなの？」

「うん。ヤダ」

毎日の料理を作ることがどれだけ大変なのか、主婦の声をネットで調べて知った春斗でもある。

少しでも負担を減らせるように、と思っての提案だったが、即断られ呆気《あっけ》に取られてしまう。

「理由聞いていい？」

「単純に贅沢《ぜいたく》だから。外食は自炊をするよりもお金がかかるんだよ？　1回の外食だけでもやりようによっては2日から3日分のご飯が作れるんだし」

「でもさ、自炊をしなくていい日とリラックスできる日、それにメニューを考えなくていい日が取れるなら充分釣り合ってない？」

「私が嫌々お料理をしてるならそう言えるけど、好きでお料理してるし。それに『体調が悪い日は無理をしない』ってお兄ちゃんと約束してるでしょ？　だから無理して外食の日を作らなくていいよ」

「そう……なの？」

「ん。外食の日を増やすくらいなら、コンビニでプリンでも買ってお兄ちゃんと一緒に食べる方が嬉しい」

「そ、そっか……。なら今日はプリンでも買って帰ろうか」

「ん。私は焼きプリンにする」

「じゃあ俺はミルクプリンで」

「お兄ちゃんのは売り切れてるよ。この前連絡忘れた罰で」

「その時はゆーのプリンこっそり食べようかな」

「そんなことしたらまたお尻叩《たた》くから」

そうやって帰宅の際に買うデザートを仲良く決める。

「じゃあ外食の話はもう終わりね。お兄ちゃんはこれからも私の料理を美味《おい》しく食べてたらいいの。わかった？」

「あはは、了解了解」

外食の回数はこれまで通り変わらない。『たまに行く』との結論を出し、すぐに話題は変わる。

「ね、話が変わって一つ確認なんだけど」

「なに？」

「明日、涼羽《すずは》ちゃんがお家《うち》来ること忘れてないよね？」

「……ぁ」

情けない声を出して口を押さえる春斗。この反応で忘れていたことは誰の目にもわかるだろう。

「え、ええ……。もしかして配信の予約しちゃった？」

「いや、そうじゃなくて二人に出すお菓子を買うの忘れてた……」

「はあ？」

「痛ッ!?」

取り返しがつかないことをしてしまった……と言わんばかりの絶望した顔に柚乃が即デコピンを食らわせる。

「ねえ、それくらいでそんな顔しないでよ、紛らわしい。お菓子は外食の後にでも一緒に買いに行けばいいじゃん」

「いや、ゆーにも内緒にしてこっそり出そうと計画してたんだよ……。サプライズみたいな感じで。その方がゆーも喜んでくれるって思ったから」

「そんな理由？」

「うん……。はあ。外食に浮かれてないで早いうちに買いに行っておけばよかったよ……」

計画していたことが上手《うま》くいかなかった。

ガクンと肩を落として落ち込む春斗を見て、柚乃《ゆの》は困惑の表情を浮かべていた。

「お兄ちゃん。今さらだけど、涼羽ちゃんがお家に来るの朝早いわけじゃないんだし、今日の夜中か明日の早朝にこっそり買いに行けば私にもバレなかったんじゃないの？」

「…………あ、ああ。それはそうだ」

「そんなに落ち込まなくていいよ。気持ちは嬉しいし」

「『頑固いよね』って顔で言うのはやめてほしいな……」

「正確に言えば頭が固すぎる、だけど」

「よ、よく言われるけどさ。はは……」

『バカ』の方がしっくりくるかもしれないが、そこは優しい言葉に変換している。

「まあ落ち込むのはそのくらいにしてそろそろ注文しよ？　ほら、お兄ちゃんの好きなチーズハンバーグもあるよ」

「追加でチーズトッピングしちゃおうかな」

「どうせなら2個追加でもいいんじゃない？　私と涼羽ちゃんを喜ばせようとしてくれたご褒美に」

「じゃあそうしてみようかな。2個トッピングなんてどんな風になるんだろ」

「私はグラタンとシーフードサラダにするね。あとはドリンクバーが二つだね」

「それだけでいいの？　お肉とかもっと注文していいのに。デザートもほら、美味しそうなのたくさんあるよ」

「私の胃袋はお兄ちゃんみたいに大きくないし……。それにデザートはプリンでしょ？」

「そ、そうだったそうだった」

言い返す言葉もないというのは、まさにこのこと。

苦笑いを浮かべるしかない春斗《はると》は、バツが悪そうにメニューに逃げる。

そんな姿を尻目に――。

「……こんなお兄ちゃんで本当にいいのかなぁ、涼羽ちゃんは」

口元を緩ませながら、誰にも聞こえないような小声でボソリと漏らす柚乃だった。

∮

外食を楽しく終えた翌日。

日曜日の13時ちょうどのこと。

『ピンポーン』と家のインターホンが鳴り、春斗はソファーからすぐに立ち上がる。

「おっ？　誰だろ」

「動くの早いってお兄ちゃん。そのピンポン涼羽ちゃんだから私が出る」

「どうしてわかるの？」

「連絡取り合ってたから」

「ああ、なるほど」

隣に座り、鼻歌を奏でながら上機嫌にスマホを操作していた柚乃。その理由が今ようやくわかった。

「それじゃ、お出迎えしてくるね」

「はーい」

(ゆーが楽しみに待ってたこと涼羽ちゃんに教えたら喜ぶだろうなぁ)

そんなことを思いながら、「よいしょ」と声を出して立ち上がった妹の背中をゆっくり追いかける。

「……ねえ」

「な、なに?」

そんな時だった。足を止めて振り返る柚乃。

「『なに?』じゃなくって、なんでお兄ちゃんがついてくるわけ? お出迎えしてくるって私言ったじゃん」

「いや、そのついでに俺も挨拶しようかなって思って」

(特におかしなことは言ってないような……)

だが、不満げなことが柚乃の顔から伝わってくる。

「もー……。挨拶はこのタイミングじゃなくていいでしょ。涼羽ちゃんは私が出てくるものだって思ってるんだから。困らせたいの?」

「そ、そんなつもりじゃ……！　ならえっと、ゆーからその機会を作ってくれる？　もちろん涼羽ちゃんが嫌なら控えるけど、できる限り挨拶しておきたいから」

辛《つら》い時期に、柚乃を一番支えてくれた人物が彼女だと知っているからこそ、ここは譲れないところ。

自分は柚乃の親代わりでもあるのだから。

「そ、そんな怖い顔しないでよ。って、涼羽ちゃんが嫌とか言うわけないし」

「はは……。涼羽ちゃん優しいもんね。それこそ、ゆーと同じくらいに」

「そこをセットにして褒めなくていいって！　私は優しくないし！」

「またまたそんなこと言って。俺が一番知ってるのに」

「ほ、本当だしっ！　学校でお兄ちゃんのこと……バ、バカ兄貴とか言ってるし！」

「ん？…………はっ!?　待って、バカ兄貴!?」

聞き間違いか？　なんて一瞬思ったが現実をすぐに理解する。

そんな風に呼ばれているなんて知らなかった。初耳だった。頭が真っ白になる。

「あと、涼羽ちゃんが嫌って言わないのは別の理由だから」

「ちょっと待って、ゆー。それよりもバカ兄貴ってなに……!?　俺のこといつからそんな風に呼んでたの!?」

「大事なところ聞いてないし……。まあ、挨拶の機会はちゃんと作ってあげるから」

「ぁ……。う、うん。それはありがとう……」

聞いても答えてくれない。話題を逸《そ》らされてしまう。この様子からするに絶対に答えないつもりなのだろう。

「じゃあほら、そんなところでショック受けてないで早くリビングに戻ってよ。これ以上は涼羽ちゃんを待たせられないから」

「……はい」

ショックで足の力が入らなくなるが、柚乃に背中を押されてリビングに押し戻される。

それから15分が過ぎただろうか。

「ぁ……」

こんな気の抜けた声が漏れたのは、二つの足音が廊下を通り過ぎ、柚乃の部屋のドアを開けた音を聞いた時。

この時点で、涼羽の挨拶は後になることが決まったようなもの。

「……」

玄関を入ってすぐ彼女が挨拶に来る可能性があったことで——『バカ兄貴』と呼ばれている悲しみを我慢して平静を取り繕っていたが、こうわかった時点で箍《たが》が外れる。

「あぁあぁぁぁぁ……」

声にならない声がリビングに霧散していく。

さらには体から力が抜けていくようにソファーに倒れ込み、屍《しかばね》のように横たわる。

全身はもうふにゃにゃ。筋肉の働きは一切なく、左足がゆっくり床につくと、雪崩が起きるように左半分がズルズル落ちていき――。

「ア……」

無防備なまま『ゴン！』と床に腰を打ちつける。

耐え難い鈍痛が襲ってくるが、今は心のショックの方が勝っている。

「……」

真っ白な頭で考えつくのは一つのことだけ。

ポケットからスマホを取り出し、プルプル震える指で画面を操作していく。

Xのアイコン。Twitto《ツイット》を起動させると、メインアカウント『煽《あお》りの鬼ちゃん』から、サブアカウントでもあり、鍵アカウントでもある『第二の鬼ちゃん』に切り替える。

（なんで……なんでこんなことに）

鍵アカウントというのは、自分をフォローしている人にしか投稿が見えない仕様になったもの。

そんな2万人のフォロワーがいる『第二の鬼ちゃん』でひっそり投稿するのだ。

『質問。俺は家族に嫌われているのだろうか。経緯。俺のいないところではバカ兄貴って言ってるらしい。気になるのがあれば返信する』

死にそうな体で投稿。

それから死んだ魚のような目をして通知を待っていれば、数分も経《た》たずにいいねがつき、フォロワーがすぐにメッセージをくれる。

『お前w　大丈夫か!?　泣いてねえか!?』

『ノックダウンしてそうやな』

『あらまあ、大変なことになって』

『鬼ちゃんめっちゃショック受けてそう（笑）』

『妹ちゃん大好きやもんねえ』

『鬼ちゃん元気出して!!』

『バカ＝嫌われてるって思うの可愛《かわい》いなw』

「嫌われてる以外にないって……。そもそも質問無視するな……」

質問には誰も答えてくれない。

ブツブツ言いながらコメントを流し読みしていると、ようやく質問に答えてくれるフォロワーがいた。

『正直なところ嫌われてるわけじゃないと思うぜ！　鬼ちゃんの妹、若いだろ？　思春期とか反抗期の時期だし、基本そんな感じやで』

「思春期とか反抗期……？　ゆーが？」

時期的には間違っていないと思うものの、普段接しているとそんな風には思えない。

だが、この質問がキッカケとなったのか、たくさんの反抗期エピソードが送られてくる。

『妹ちゃんの反抗期めっちゃマシやん。オレの妹なんか一緒に洗濯しただけでブチ切れてくるぞ』

「え？」

衝撃的な内容を目にし、思わず声が出る。

『マジかよ、さすがに嘘《うそ》だろ』

すぐに返信を入れた。

『俺の妹は話しかけただけで暴言やぞ!!』

『そんなことあるのかよ』

これにも返信。

『お前ら甘いな。ワイのシスターは無視、暴言、ワイが買ってきたものは全て強奪』

『それはお前が意地悪してるからだろ』

これまた返信。

『昔が懐かしいなぁ……。自分は娘に臭いって言われましたよ（笑）』

『子育てお疲れ様。俺もそれ言われた時は相談させてくれ』

父親らしいユーザーにも返信してみる。

「な、なんかみんなの話聞くに、ゆーは優しい方……だな……。本当ならだけど……」

それでも大切な家族に『バカ兄貴』と呼ばれているのは辛いこと。

自宅ではそんなこと一度も言われたことはなく、そんな雰囲気を感じたこともないのだ。

心の準備ができていなかった分、ダメージが本当に大きかった。

「……はあ」

気分が重い。ぐでぇっと床に倒れたまま、通知欄を開いたままでいると、さらに参考になりそうなメッセージが届いた。

『あたしの意見だけど、鬼ちゃんは嫌われてるわけじゃないっしょ。学校とかでお兄ちゃんと仲イイのバレたくないだけだって』

『それ詳しく』

女性と思われる一人称。同性の意見を聞くためにすぐ返信を入れる。

『うわ、あーしにも返信きた！　ねね、今度一緒にABEXしよーよ』

『そのメッセージは求めてねえよ。ほら、早く』

本来、助けを求める側は下手《したて》に出るのが当たり前だが、キャラを崩すような真似《まね》はできない。

相手もそれを理解しているのだろう、突っかからずに素直に教えてくれる。

『しょうがないなあ。妹さんの年齢は知らないけど、高校生だとしたら周りも思春期真っ最中だから、兄と仲がいいことがバレると、ブラコンとか言われてからかわれるわけ。実際そんな風に呼ばれるのは嫌じゃん？』

『それは確かに』

『だから本心から思ってるんじゃなくて、カモフラージュのためにそう言ったりするってこと。ってか、鬼ちゃんの素的に嫌われるわけなくない？ってことでガンバ』

『そうか。なるほどな。助かった』

確かに周りの目を気にしている可能性はある……。なんて思いながら、このメッセージにいいねを押し、やり取りを終了させる。

気持ちは少し楽になった。

死んだ魚のような目から少し回復した春斗《はると》はさらに通知を見ていくと、ちょうどよく新たなメッセージが目につき、早速返信をする。

『おい鬼ちゃん。俺には3人も妹いてめちゃくちゃ文句言われるけど、その度に喜んでるぞ！』

『いやいや、喜ぶってなんだよ。変なこと言ったらブロックだからな』

『そうじゃねえよ！　成長を喜んでんだよ！　反抗期を迎えたってことは残り数年しか家にいない可能性が出てくるんだぜ？　ショックを受けてる時間なんかねえだろ？』

「ッ！」

その返しは、ハッとさせられるものだった。

考えてもいなかったことだが、ごもっともであるとわかる。

『ありがとな。確かにショックを受けてる暇ないわ』

『おうよ。仮に嫌われてても、大人になった時には感謝されるもんだぜ？　多分』

『多分かよ。まあ参考にしてやる』

１００個のいいねを送りたい内容だったが、キャラを保って冷たくあしらう。

（人の不幸を喜ぶわけじゃないけど、こんないい人でも妹から文句を言われるんだって思うと、少し気持ちが楽になるな……）

胸の傷が癒えたようにクスッと笑う。

気持ちを切り替えるには充分な時間だった。からかうメッセージもあるが、この投稿をしてよかったと思えた。

「さてと……」

もうメソメソしてはいられない。

スマホの電源を切り、床の上に横たえた体を起こそうとしたその瞬間だった。

背後から声をかけられたのだ。

「あ、あの……春斗お兄さん？」

「んッ!?」

聞き覚えのある声。

瞠目《どうもく》したままに首を動かせば——視界に入る。

家では見たこともないレースの靴下から、短いスカート、黒の下——。

「す、涼羽《すずは》ちゃん!?」

顔を見ずとも服装でわかる。さらには見てはいけないものを見てしまった事実を誤魔化すように忍者の如《ごと》く立ち上がる。

（や、ヤバい。横たわってたところ絶対見られたって！　いや、それよりも……）

冷や汗が止まらない。引きつった顔になっていることを自覚しながら口を開く。

「あ、え、えっと涼羽ちゃん……久しぶりだね」

『コクコク』

と、リスのように頷《うなず》く涼羽は、言葉を返してくれる。

「お、お久しぶりです。あの、床に倒れてましたけど大丈夫ですか……？」

「あ、ああー。大丈夫大丈夫！　そ、それに俺はなにも見てないからね」

「なにも見てない、ですか？」

上品な立ち姿のまま綺麗《きれい》な目を大きくして首を右に傾ける涼羽。なんのことだかわかっていない様子に安堵《あんど》すると共に、言わなければよかったなんて後悔が芽生える。

「あっ、気にしないで大丈夫だからっ！　ちょっとその、考えごとしてて……」

「そ、そうでしたか」

下着を見てしまったなんて言えるわけがない。

彼女には悪いが、バレていないのなら言わない方がいい……。わざわざ辱める方が可哀《かわい》想《そう》だろう。

それが出した結論である。

「……あっ！　わざわざ挨拶に来てくれてありがとね、涼羽ちゃん。最近はカフェにも来てなかったから、なおのこと挨拶しておきたくて」

「それはその……テスト期間中に入っていたもので。春斗お兄さんを避けていたわけではなくて……」

「そうだったんだ。って、テスト期間だったの!?　ゆーってばそんな情報はなにも教えてくれなくって……。恐らく俺が家事をするって言い出すと思ってるからだろうけど……」

「ふふ、柚乃《ゆの》ちゃんらしいですね」

「少しは兄を頼ってくれていいのにねぇ？」

「手が回らなくなった時は、ちゃんと頼ってくれると思います」

「そう信じることにするよ」

その言葉に宝石のように綺麗な目を細める涼羽。

整った顔が作る微笑《ほほえ》みに目を奪われそうになるも、首を振って我を保つ。

相手は妹の親友なのだ。変な空気を作るわけにはいかない。変な目で見るわけにもいかない。

春斗は配信で得たスキルを生かして会話をリードしていく。

「そうそう！　涼羽ちゃんはテストの方、大丈夫そう？」

「は、はい。なんとか学年で10番内には入れそうです」

「おおっ！　それはよかった！　毎度のことながら本当に凄《すご》いね！」

「あ、ありがとうございます……。そう言ってもらえるだけでも嬉《うれ》しいです……」

「これからもその調子で頑張ってね。なにか困ったことがあれば俺がいつでも相談に乗るから。勉強のことはからっきしなんだけどね？　はは」

「い、いえ……。もしもの時はよろしくお願いします……」

首を左右に振った後、ぺこりと丁寧に頭を下げた。

(そんな丁寧にしなくても……)

なんて思うこともあるが、これが涼羽の性格であり、昔から変わらないところ。

「それにしても、少し見ない間にもっと綺麗になったね、涼羽ちゃん。目が合った時ビックリしたよ」

「っ!?」

「ここだけの話、彼氏できたでしょ?」

「そ、そそそそんなことはないです……っ!」

両手をパーの形に、そこから手を振って全力で否定する姿に思わず笑いが出てしまう。

柚乃と涼羽は、小学校からの仲。そして、その頃から同じように関わっている春斗にとって彼女は義理の妹のような存在なのだ。

「それ本当かなぁ?」

「本当です……っ」

「あ、そう……なんだ? 涼羽ちゃんのいいところはたくさん知ってるから、なおさらそう思って」

「は、春斗お兄さんはいつもそうやってからかうんですから……」

「そんなつもりはないよ!? 本心本心」

「そんなことを言う春斗お兄さんは……どうなのですか? その、彼女さん……できました？」

「えっ、俺？」

「は、はい。わたしも春斗お兄さんの素敵なところをたくさん知っています……」

両手の指先を合わせ、頬を薄《うっす》らと赤らめながら伝えてくる。女の子らしい仕草に、つい息を呑《の》んでしまう。

「そう言ってくれてありがとう。でも残念ながらってところ」

「そ、そうですか……。それなら……よかったです」

「え？　よかった？」

「～～っ！　い、今のはその……」

透き通った声をしている涼羽だ。

小さな声でも聞き取ることは簡単で、あわあわしている涼羽を見ながら頭を働かせると、その答えを導き出すことができた。

「……あ！　ああ、そっかなるほど。もし俺に彼女ができたら、ゆーに構う時間が減ることになるもんね。ゆーはまだ高校生だし、それは好ましくないか」

「え、えっと……」

「本当に、涼羽ちゃんがゆーの親友でよかったよ。これからも妹のことよろしくね」

「その……。ぁ、も、もちろんです」

（なんかちょっと様子が変な気がするけど……）

変なことはなにも言っていない。気のせいだろう。

「それじゃ、二人の時間を奪うわけにもいかないから、挨拶もこのくらいにしよっか。今日はたくさん楽しんでね」

「あ、ありがとうございます……。ではは春斗お兄さん、わたしはこれで失礼します」

「はーい。ごゆっくりどうぞ」

正直もっと話したいところだが、柚乃を退屈させるのも悪い。手を振ってバイバイする。

「……あ、すみません。一つ言い忘れていました」

「ん？　言い忘れ？」

「はい。柚乃ちゃんから春斗お兄さんにメールをしたらしいので、その確認をお願いします」

「わかった。報告ありがとね」

「い、いえ」

これが別れの会話。

廊下まで涼羽を見送り、柚乃の部屋に入ったところで早速確認に入る。

打ち合わせをしていたのか、スマホには本当にメールが入っていた。

『お兄ちゃんごめん。さっきは言いすぎた。信じてくれないかもだけど、お兄ちゃんのこと悪い風に思ったことは一度もないよ。私のためにいつも頑張ってくれてありがと』

「え……」

——予想もしていなかった謝罪。

直接ではないものの、気持ちがこもっていることは充分伝わった。Twitto《ツイット》でアドバイスをもらった通り、思春期だからこその問題なのだろうとも。

「そうだったのか、そうだったのかあ！」

読み返せば読み返すだけ嬉しさが湧き上がってくる。

嫌われているわけではなかったのだ。今なら空を飛べそうなくらい体が軽くなる。

「ほっほっほ。今日は動画編集頑張っちゃおっかなあ～！」

春斗にとってこれほど嬉しいことはない。大切な家族と普段通り過ごせることが一番なのだ。

「さてさて、仕事仕事！」

ルンルンとご機嫌に音符を撒《ま》き散らすように、ゲーム部屋に移動する。

『おいお前ら、俺嫌われてるわけじゃなかったわ!!　煽《あお》ってきたやつざまみろ!!』

その後、単純な春斗は喜びすぎてはしゃぎすぎたその内容を『第二の鬼ちゃん』の鍵アカウントで投稿する。

「あっ！　その前にすることが……」

そして、思い出す。

今日のために買ってきた差し入れのお菓子を急いで準備し、柚乃の部屋に届けるのだ。

「は、春斗《はると》お兄さん……やっぱり凄いね……。こんなにたくさん……」

「はあ」

ここは柚乃の部屋。そして、春斗が差し入れを運び終わった後のこと。

テーブルとカーペットに置かれた差し入れを見て、涼羽《すずは》は苦笑いを、柚乃は両手を腰に当てて呆《あき》れた表情を浮かべていた。

その差し入れというのは一目では数えきれないほど。

2Lの炭酸飲料、りんごジュース、お茶が1本ずつ。

ファミリー用のチップスが2袋。

ファミリー用のチョコレート1袋と、ファミリー用のクッキーが1袋。

数種類のグミとアメ。駄菓子。

さらには三角のショートケーキが2個。

勉強するはずだったテーブルの上は、ドリンクやお菓子によって一瞬で占領されたのだ。

「な、なんか本当にごめん、涼羽ちゃん。お兄ちゃんってば、差し入れはあればあるだけ喜ばれるって思ってる人だから……。私たちが食べられる量のことなんて全く考えない人だから……」

妹としてしっかりと補足と弁明を入れる。

『差し入れの量が多いからといって、涼羽ちゃんがこんなに食べる人だと思っているわけではない』と。

春斗の性格をわかっている涼羽だが、これも念のためである。

「まったくもう。きっとテンションが上がっちゃったんだろうなあ……。久しぶりに涼羽ちゃんが来るから」

どうしてこんなことになったのか、その心情を察しながら柚乃はテーブルの上に置かれたお菓子類を次々とカーペットに置き、飲食する場所を作っていく。

「普通はさぁ、こんなにぎっしりテーブルの上に置かないよね？　一体どこで食べさせる気なんだか」

「ふふっ、春斗お兄さんらしいね」

「相も変わらずずっとこんな調子だよ、本当。これがお兄ちゃんのいいところなのはわかってるけどさ」

ジト目で肯定する柚乃は簡単に想像ができていた。

見境なしに、値段も見ずに、喜んでもらうためにボンボンと買い物カゴにお菓子やジュースを入れていく兄の姿を。

こうなることを予想していたが、制止目的でその買い物についていくことはできなかったのだ。

『買い物は一人で行ってくるからね！　なにが差し入れされるか楽しみにしてて！』と笑

顔で制されたことで。

「てか、飲み物を入れるコップも、ケーキを食べるフォークも用意し忘れてるし。これじゃあ悪質な嫌がらせじゃん」

「あっ、本当だ。ふふふっ」

「ニコニコしながら『じゃじゃーん!』って見せびらかしておいてこれだからねぇ……。なんで私とお兄ちゃんでこんなに抜け具合が違うんだろ」

春斗のポンコツなところを次々と発見していく。シンプルな悪口が飛び出すが、部屋の空気はほんわかしていた。

春斗をよく知る二人だからこそ、『仕方がない』で終わる話なのだ。

「はあ。最後の詰めが甘いんだから……」

グチグチと文句を垂れながらも、柚乃の目は優しかった。声色も同じで、内心は笑っている様子。

そんな彼女の気持ちを理解しているように、静かに見守りながら表情を和らげている涼羽である。

「さてと、私はコップとフォークを取ってくるね。あとウェットティッシュも持ってくるよ」

「あ、もう少し待った方がいいかも……?」

「それは大丈夫。お兄ちゃんならもうゲーム部屋に移動してるから」

嬉《うれ》しそうな顔で差し入れを運んできた様子を見て断言できる。

少し前に送った謝罪のメールを読んでくれたのだろうと。

喜んだ春斗が次にどんな行動を取るのか、一つ屋根の下で生活している柚乃《ゆの》には手に取るようにわかるのだ。

すぐに仕事を始めようとすると。

「仮にお兄ちゃんがリビングにいたとしても、お手洗いって言えば誤魔化せるしね」

「ええ？　柚乃ちゃんのお部屋からだと、リビングとお手洗いの位置は逆だから、さすがに気づかれるよ」

「普通はそうなんだけど、『悪いタイミングで声かけちゃってごめん』って謝ってくるから」

「た、試したことあるんだ？」

衝撃的な報告に、大きな目を丸くする涼羽。

「一緒に生活してるとお兄ちゃんの抜けてるところはたくさん見つかるから、私がこっそりフォローした場合の言い訳が通用するか試してるんだよね。喜んでほしいって気持ちが空回りしてるだけだから、グチグチ言うのは可哀想《かわいそう》だし」

自分がサポートできることなら注意せずに放置する。それがずっと続けている柚乃の行動。

「それに、空回りしてることをズバズバ言っちゃったら、お兄ちゃん泣いちゃうかもだしねー。なんて」

「ふふっ、春斗お兄さんが泣いちゃうとすれば、柚乃ちゃんの卒業式じゃないかな」

「あー。それは100%だね。ハンカチ1枚じゃ足りないくらい泣いてそう」

「3枚あれば安心かな?」

「それでも足りなかったりして」

仲良く軽口を言い合う。

「まあ、こんなことを言いつつ、卒業式は私も同じようになっちゃうんだけどねー。もらい泣きするだろうし、その日にしか言えないことだってあるし」

「その日にしか言えないこと?」

「お兄ちゃんはなにも言わないけど、こんな家庭環境だから自分の進学を断念して、学生のうちからバイトを優先させて、私のために一生懸命働いてくれて……さ? 挙げていけばキリがないくらい自慢の人だから」

辛《つら》い時、春斗はその気持ちを隠して明るく接してくれた。

元気がないと感じれば、お出かけに誘ってくれたり、普段以上に気を遣ってくれたりした。

お金の面を気にして『勉強するよりも働きたくなった!』なんて嘘《うそ》をついて、お金を集めてくれた。

注意したり、怒ったりする柚乃だが、本当は兄には頭の上がらないと思っている。

まだ1年以上先の話だが、卒業式くらいはその積もった想《おも》いをしっかり伝えようと決めていた。

「……あ、話は少し変わるんだけど、お兄ちゃんとの挨拶はどうだった？　テスト期間だったから久しぶりに会ったでしょ？」

「う、うん。緊張したけど、たくさん話せて……とっても楽しかったよ」

「そっかそっか」

涼羽をあえて一人で向かわせたのはこのため。春斗と二人きりで話してほしかったから。

「テストのことは褒めてくれた？　お兄ちゃんに褒められるために頑張ってる涼羽ちゃんだから、報告してないってことはないでしょ？」

「っ！　そ、それは……その……」

「その？」

「……ほ、褒めてくれました」

「ふ、よかったね」

丁寧語になり、頬を赤らめながら首を上下に振っている涼羽を見て思わず笑ってしまう。下から覗《のぞ》き込んでみれば、耳まで真っ赤になっている。

「ちなみに服装は褒めてくれた？」

「ど、どうして服装まで……」

「普段から露出控えめな涼羽ちゃんが、今日に限ってミニスカートを穿《は》いてるんだよ？

お兄ちゃんを意識して選んだんだってことはさすがにわかるよ」

「そ、それは……違うよ……？　今日は特に暑かったから……」

「ふーん」

「うぅ……」

声がみるみるうちに小さくなり、顔はさらに赤く染まっていく。

そもそも今日の気温は22度と涼しいのだ。図星なのは明らかである。

「その様子だとそっちも褒めてくれたんだね？」

「え、えっと、あの、服装は褒めてもらえなかったけど、『綺麗《きれい》になったね』って……。も、もう恥ずかしいよう……」

「な、なんかごめんね!?　お兄ちゃんがそんなことまで言ってるとは思ってなくって！　ふふっ、でもそれなら今日はなおのこと来てよかったね」

コクコクと頷《うなず》きながら、両手の指先を合わせてもにょもにょと動かしている涼羽。

こんなにも喜びの反応が表れるのは、春斗が関わっている時だけ。

唯一その情報を知っている柚乃は、それ以上はなにも言うことなく微笑《ほほえ》む。これ以上からかうこともしない。

「ね、ねえ柚乃ちゃん……」

「うん？　なに？」

「えっと、春斗お兄さんのことなんだけど……今日はどこか体調が悪かったりする？」

「えっ、体調？　特に変わったところはなかったけど、どうしてそう思ったの？」

「あのね、わたしが挨拶する前、春斗お兄さんが床の上でべたーってしてて……」

「へっ？　ソファーの上じゃなくて床で!?」

「そうなの。床でべたーってなってたから……」

頭の良い涼羽がそんな表現を使うのは珍しいこと。スライムのように脱力していたのだろう。

「ちょっと待ってね。今心当たりを探るから」

床で倒れていたなんて、よほどのことがあったのだろう。

春斗の体調が悪く、我慢しているのだとすれば軽く流すことはできない。話しかけづらいほどの真剣なオーラを漂わせて頭を働かせる柚乃は——。

「あは……」と、すぐに表情を緩ませた。

「それ体調が悪いわけじゃないから大丈夫。きっとソファーでゴロゴロしてたら転げ落ちたんだよ」

「腰を打ってて動けなかったのかな……？」

「ま、まあ私のお兄ちゃんだから大丈夫だよ」

苦笑いを浮かべるので精一杯の柚乃。

脳裏をよぎるのは『バカ兄貴』の悪口で傷ついた春斗の姿である。

すぐに謝りのメールを送ってよかったと安堵《あんど》し、涼羽に怒られることを危惧してすぐに話題を逸《そ》らす。

「こ、こほん。さてと、それじゃあ私はリビングに行ってコップとかフォークを取ってくるね。ケーキは生ものだから早く食べちゃわないとだし」

「わたしも手伝うね」

「ありがとう。でもここはお兄ちゃんにバレないことを優先しよ？　二人でリビングにいるところを見つかっちゃったりしたら、さすがに誤魔化しきれないと思うし」

「そ、それもそうだね。じゃあ柚乃ちゃんにお願いしてもいい？」

「もちろん」

人手が増えれば増えるだけ、足りないものを取りに来たとバレる可能性が高まる。バレた時の言い訳もしづらくなる。

お互いに春斗《はると》のことを考えているからこその立ち回りである。

そうして立ち上がった柚乃が、ドアノブに手を伸ばした時である。

ポケットに入れていたスマホが振動する。

「……」

右手でドアを開け、左手でスマホを取り出しながらその通知を見た柚乃は……驚き、ニヤリとして涼羽《すずは》に顔を向けた。

「涼羽ちゃん、今お兄ちゃんから伝言が届いて、『今日の服装もとっても似合ってたよ！』って、伝えてだって。挨拶した時に言い忘れたらしいよ」

「……っ!!」

「こういうことは直接言ってくれたらいいのにねー?」

伝言を聞いた涼羽は、口を真一文字《まいちもんじ》に結んで、首を左右にフルフルと振っている。

一見すると否定の反応だが、涼羽に限っては『恥ずかしさでいっぱい』という状態である。

「ちなみにだけど、涼羽ちゃん二人きりになりたい……?　お兄ちゃんと」

「なっ、なななな……」

顔を真っ赤にしながら言葉に詰まっている涼羽だが、小学校からの仲だけあって言いたいことは十分に伝わる。

「『なんでいきなりそんなこと聞くの』って?　テスト期間中に勉強を教えてもらった時、借りを返すって約束したでしょ?」

借りのお返しは、無理のない程度で相手の願いを叶《かな》えること。

二人がよくしていることである。

「今日はせっかくの機会だし、涼羽ちゃん話し足りないんじゃないかなって思って。もちろんお兄ちゃんもお兄ちゃんでそう思っているから言うことだけどね」

大切な家族を自分勝手に巻き込んだりはしない。ただ、『お互いにもっと話したい』と思っていることを知っているからこその提案である。

「柚乃ちゃんは……いいの?　その、もし春斗お兄さんとわたしが二人きりになることになったら、一人で時間を……」

「むしろお願いしたいくらいで」

「えっ」

「そのくらい喜んでくれるんだよね、お兄ちゃんは。だから構ってくれると私も嬉しいな」

くす、と笑う柚乃。

それは言葉通り、春斗の喜ぶ姿を想像して。

『3人で遊べばいいじゃないか』という意見もあるだろうが、それはそれで柚乃が困るのだ。

——兄の前ではなかなか素直になれないこともあって。

「え、えっと、じゃあお言葉に甘えて……お願いします……」

「はーい」

「あ、あとその……心の準備をする時間も……」

「大丈夫大丈夫。涼羽ちゃんに合わせるよ」

その言葉にほっとした表情を浮かべる涼羽。あからさまな表情である。

「それじゃ、脱線した話も終わったところだし、もろもろ取ってくるね。涼羽ちゃんはごゆっくり」

「あ、ありがとう」

「気にしないで」

そうして立ち上がった柚乃は、リビングに向かうために廊下に出て自室の扉を閉めた。

——そして、一つだけ行動を起こす。

音を立てないように自室のドアを数センチ開け、中を覗き見たのだ。

「ふふ……」

そこにいるのは顔に両手を当てて、三猿の一つである『見猿』になった涼羽である。

服装を褒められたこと。春斗と二人きりになれること。この二つがよほど嬉《うれ》しかったのだろう。

「……わかりやすいんだから。本当」

完全に扉を閉めた後のこと。

小声で呟《つぶや》きながら、足早にリビングに向かっていく柚乃だった。

来訪した涼羽と挨拶を交わし、ゲーム部屋に籠もった春斗は——。

「我ながらよくここの撃ち合い制したなぁ……」

自身のABEXプレイ動画、約30分間の録画から所々カットし、10分前後にまとめる編集を行っていた。

「ここは主張激しめの素材を入れてと……」

編集のやり方は人それぞれだが、春斗の場合は特殊。

『煽《あお》り』を題材にしていることで、それに寄せた編集を加えるのだ。

ただ、相手のプレイヤー名にはしっかりモザイクを入れ、煽りのモーションを全て見せるのではなく、カットインを入れるようなやり方で不快にさせすぎないように。

配信には配信の良さを、投稿動画には編集を加えた動画の良さを。これは常日頃から意識していること。

収入に関わるため、今まで一度たりとも手を抜いたことはない。

「今日も6、7時間ペースかな……」

編集技術に長《た》けた人なら、この半分の時間もかけずに一動画の編集を終わらせることができるだろう。

特に終盤戦では緊張感を与えるためにノーカットで進めている。所謂《いわゆる》王道パターンで進行するが、春斗はまだ素人に毛が生えた程度の実力。

それ相応の時間がかかってしまう。

「ふう……」

週6のバイトにゲーム配信に動画編集。なかなか休みは取れず、体にムチを打ちながら仕事を続けているが、『辛《つら》い』や『やめたい』なんて感情が出たことはない。

これらは全て家族のためになること。頑張れば頑張るだけ、お金が貯《た》まる。

お金の心配をさせることなく柚乃《ゆの》を大学に通わせることができるのだから。

立派に親代わりをする。これが春斗の変わらぬ志。

「よし、頑張るぞ……」

それからはもう無言。

エナジードリンクをお供に、2時間ほどPCに張りついていた矢先だった。

『コンコン』とノックの音が自室に響いたのだ。

「あっ、はーい？」

ノックの音に気づくと、すぐにイアホンを取り、後ろを振り返る。

「私だけど、少し入っていい？」

「どうぞー」

柚乃を断る理由はなにもない。ゲーミングチェアを半回転させながら入室を促せば、スリッパを履いた柚乃が入ってくる。

「……あ、ごめん。お仕事中だった？」

「編集作業だから特に問題ないよ、それにキリもいいから、休憩しようとしてたところ」

「そっか。それならよかった」

本当に安心したように言う。

仕事の邪魔だけはしたくなかったとの思いが伝わってくるほど。

「それで……なにかあった？　あ、もしかして差し入れのチョイスが悪かったりした!?」

「なんでそうなるの……」

あれだけ大量のお菓子を買っておきながらこの言い草である。これは柚乃の反応の方が正しいだろう。

「そうじゃなくって、ついさっきバイト先から連絡があって、今から顔を出さなくちゃいけないんだよね。ミスでの呼び出しじゃないから、すぐに帰れると思うけど」

「あらら……。それでも大変だ」

緊急で呼び出された経験は春斗にもある。

すぐに帰れるとしても、なにかと足取りが重くなる。

「そんなわけでさ、お兄ちゃんに一つ頼みごとがあって……」

「ゆーが帰ってくるまでの間、涼羽ちゃんを一人にさせないように？」

「うん、いきなりで本当にごめんなさいだけど、私が帰ってくるまでお願いしていい？」

「俺の方はもちろん大丈夫だけど――」

気になることがある。絶対に聞いておかなければならないことがある。

「――涼羽ちゃんはいいって言ってた？」

「ちゃんと伝えてあるよ。お兄ちゃんともっとお話ししたいって言ってたくらい」

「本当!?　それじゃあゆーが帰ってくるまで一緒に遊んどくよ！」

『相手をしておく』と言わず、面倒くさそうにしないところも春斗らしいところだろう。

むしろこの時を待ってた！　と言わんばかりの表情である。

「なんか凄《すご》く嬉しそう」

「嬉しくならないわけないよ。そんなふうに言ってくれたら」

「その気持ちが空回りして、涼羽ちゃんを困らせないか心配だなー」

「はは、そこは安心してよ。もう20歳なんだから」

「実際そんなところあるよ。お兄ちゃんは」

「そう？」

「そう」

即答される。

涼羽が家に来るからと、差し入れを大量に買った時点で反論の余地はないだろう。

ただ、柚乃が『変なことしないように』なんて警告をしないのは、それだけの信頼を兄に寄せているからでもある。

「じゃあ少し気持ちを落ち着かせてから向かうよ」

「まあ、そこは任せるけどさ。変なことにならないっていうのはわかってるし」

「ああそうだ。ゆーの部屋には入って大丈夫なの？　それともリビングに移動した方がいい？」

「私のお部屋でいいよ。お菓子とかジュース移動するのも大変だから」

「了解」

「いきなりで本当にごめんね、ありがとう」

「いやいや、ゆーが謝ることはなにもないよ」

「……ん」

呼び出しならば仕方がない。謝る必要もないのだ。

「じゃ、ちょっとだけバイト先に行ってくるね。大体40分くらいで帰ってこられると思うから、あとはお願いね」

そう言って部屋から出ようとする柚乃を「ちょっと待って」と引き留める春斗《はると》。

「なに？　お兄ちゃん」

「メール、ありがとうね。気をつけて行ってらっしゃい」

「っ！　そ、そういうの今はいいってもう……」

「はは」

最後はそっぽを向かれ、ドアが閉められる。柚乃の足音が遠ざかっていく。

怒ったように感じられる反応だが、怒っていないことがわかっているから笑うことができた春斗である。

「……さっきのお礼言わなかったら、見送りさせてもらえたのかなぁ」

目を細めながらボソリと呟くと、ＰＣに向かい合って編集したファイルの保存を行い、ゲーム部屋を出る。

「さてと！」

これからは休憩を兼ねた時間。

気持ちを切り替えるようにして、涼羽《すずは》が待つ柚乃の部屋へと移動を始めるのだった。


「さっきぶりだね、涼羽ちゃん。ゆーから話は聞いてる……よね？」

「は、はい。あの、すみません。春斗お兄さんのお時間をいただいて」

「むしろ大歓迎だよ」

妹の部屋に行けば、涼羽は扉を開けて待ってくれていた。

華奢《きゃしゃ》な肩を上げて硬直気味の彼女だが、緊張しやすい性格なのは昔から知っていること。

会話を増やせば自然に和らぐことも知っている。

特に触れることはなく、再びの挨拶を交わして一緒に部屋に入った。

「お！　今までテストの復習してたんだ？」

すぐに気づくのは、テーブルの上に広げられたテストの問題用紙と解答用紙。

88点が一つ、あとは全部90点超えという素晴らしい点数を取っていた。

「そ、そうです。柚乃ちゃんと一緒にしてて」

「本当に偉いなぁ……」

そんな返事をしながら、今度は重ねられたテスト用紙をチラッと見る。

今は出かけている柚乃の勉強の痕跡である。

「気になりますか？」

「あ、あはは。正直に言えばね。いつも大雑把にしか教えてもらってないから」

そんなに顔に出ていたのか、すぐに涼羽に気づかれてしまう。

「これは内緒ですけど、柚乃ちゃんはわたしよりも総合成績よかったですよ」

「えっ、それ本当!?　それならドーンと見せればいいのに……」

「春斗お兄さんには１００点満点を見せたいそうです」

「な、なんだそれ。まったくもう……」

「ふふ、柚乃ちゃんらしいですよね」

「本当にねー」

笑みを浮かべれば、涼羽も笑みを返してくれる。

兄としてはどんな点数でも怒ったりはしない。むしろ褒めるのだ。

結果が振るわなくとも、普段から勉強を頑張っていることは知っているのだから。

「それはそうと、ゆーがごめんね。いきなりバイト先から呼び出された件。兄として謝らせてもらうよ」

「い、いえ」

「ミスじゃないって言ってたけど、どんな呼び出しだろうね？」

「っ」

会話を少しでも増やす目的で聞いた瞬間、なぜか肩をビクッとさせる涼羽。

「え、えっとそれはその……書類の記入漏れって言っていたような気がします」

「ああー。なるほど。それなら一度顔を見せないといけないか」

「そうだと……思います」

視線をキョロキョロさせて落ち着きのない素振りを見せている涼羽。赤面もしているが、これもまた緊張の一種だろう。

二人きりとの印象を強く植えつけてしまったことを反省する。

「っと、ゆーが帰ってくるまでなにしようか？　さすがに勉強中に相手してもらうのはアレだしね？」

「あ、あの……今は休憩中ですからその、春斗お兄さんとはたくさんお話をしたいです……」

「はは、ありがとう。じゃあリバーシでもしながら雑談しよっか？　最近アプリに入れたんだよね」

「是非、お願いします」

「ちょっと待っててね。すぐ起動させるから」

ポケットに入れていたスマホを取り出し、すぐに電源を入れる。

本当はコントローラーを使ったパーティゲームをしたいところだが、この家にはそんなゲーム機はない。

（ゆーはいらないって言ったけど、やっぱりあってもいいかもなぁ。勉強の気晴らしにもなるだろうし……）

ふと、そんなことを思いながら『二人対戦』のボタンを押すのだった。

∮

リバーシの対戦はラフでゆっくりなもの。

春斗は胡座《あぐら》をかき、涼羽は膝にクッションを抱えながら雑談に花を咲かせていた。

「あっ、テストも終わったってことは、これからはまたカフェに来てくれるんだよね？」

「お邪魔でなければ……」

「邪魔に思ったことなんて一度もないよ。むしろいつでも顔を出してほしいくらいだし」

「あ、ありがとうございます……」

「でも、集中できる環境は人それぞれだもんね。ゆーもカフェじゃあまり集中できないって言ってたよ」

『集中できる環境は人それぞれ』その意見は正しい。

隣のお客さんの声が気になったり、落ち着かなかったり。

でも、涼羽の場合はまた別の理由。

（春斗お兄さんと顔を合わせるだけで、その日はもう――）

――嬉《うれ》しさが続いてなにも手につかなくなる。勉強に集中ができなくなる。

メッセージやイラストを描いてくれたカップをずっと見てしまう。

すぐに捨てることもできなかったりする。

だから、テスト期間中だけは会わないように我慢しているのだ。

高得点を取って春斗に褒めてもらうためにも。

「……あ、ヤバ。駒《コマ》めっちゃ取られた」

「お話は変わるんですが、柚乃《ゆの》ちゃんから聞きましたよ。連絡のし忘れでお仕置きをされてしまったらしいですね」

「えっ!?」

「わたしからも注意するようにお願いされてまして」

「は、はは……。さすがは妹で……。涼羽ちゃんにだけは知られたくなかったんだけどなぁ」

恥ずかしそうに頬を掻《か》く春斗を見て無意識に笑みが浮かぶ。

今までその手の話をたくさん聞いているが、マイナスに思ったことは一度もない。

（その分、素敵なところもたくさん聞いていますよ。柚乃ちゃんに口止めされていますけどね）

元よりそんな気持ちがあったら、二人きりになりたいとお願いすることもなかっただろう。

「他に責めるようなこと言ってた？」

「次に同じことを繰り返したら、誕生日を祝ってあげないらしいです」

「そ、それはそれで酷《ひど》くない!?」

「わたしが柚乃ちゃんの立場なら、同じことを考えるかもしれないですね？」

（素敵な人であればあるほど、心配したくないですから）

「……もっと反省します」

「ふふ」

中には兄妹《きょうだい》の仲の良さに気持ち悪さを覚える人もいるかもしれない。

しかし、成人を迎える前に両親が亡くなるという複雑な家庭環境なのだ。

なんでもしてあげたくなるのは自然なこと。より一層大事にしたくなるのも自然なことだろう。

「あ、そうそう。俺もまた話を変えちゃうんだけど、涼羽ちゃんってチェスもできるんだよね？」

「ボードゲームの中でしたら、一番得意です」

「だよね！　前にそう言ってたよね！　実は前から少しずつ練習しててさ、今度手合わせをお願いしていい？」

「……わ、わたしのためにルールを覚えてくれたんですか？」

「涼羽ちゃんのためじゃなくて、自分のためだよ。趣味を増やしたかったというか」

「っ」

ものは言いようだろう。

『一緒にしたかった』という見方をすればその通りだが、『一緒にできるゲームを増やそうとしてくれた』という見方をすればそうとは言えない。

（……嬉しいです、本当に）

どちらの想《おも》いもあると感じたから、そう思う。

どちらの想いもあるから、なおさらなのだ。

「……今、昔のことを思い出しました」

「ん？　昔のことって？」

「わたしが中学校の頃……いじめられていた時のことです」

生まれ持った銀の髪に触れながら。

『変な色』と言われたり、先生からは『黒染めしろ』と言われたりもした、クォーターの遺伝子が強く現れたその髪を。

暗い話になるが、涼羽はもう割り切っている。

当時は最悪な思いでいっぱいだったが、今となってはもう悪くはなかったと言える。

誰も共感はしてくれないだろうが——あの言葉を言われたことで。

「あの時も〝覚えて〟くれましたよね。わたしの祖母の母国語を。母国語を使って『綺麗《きれい》な髪なんだから、自信を持たないともったいないよ。周りのことなんか気にしなくていいよ』って」

「そ、その話はやめよっか！　ね!?」

「ふふふ、もう少しさせてください」

春斗《はると》とは親友の柚乃を通じて、小学生の頃から仲良くさせてもらっている。

そんな関係だから、聞いている。

当時、『いじめ』を解決してくれようとした柚乃が、春斗に相談してくれたことを。

(柚乃ちゃんと春斗お兄さんがいなかったら、今のわたしは絶対にいません……)

——あの時から、意識が変わった。

春斗のことを異性として見てしまうようになった。

『いつでも遊びに来てね』

そんな言葉がより嬉しくなった。

「……春斗お兄さん、あの時は本当にありがとうございました」

「って言いながら角取ってるし！　そこ一番取られたくなかったのに！」

「ふふ、容赦はしませんよ」

(気を利かせてくれた柚乃ちゃんのためにも、たくさん楽しまないといけませんから)

彼に意地悪をしたくなってしまったことも、あの時から変わらないこと。

「うー……。どこ打とうかな……。まだ勝つチャンスはあるはず……」

「ここはどうですか？」

「お？って、そこ取ったらまた角取られるでしょ!?」

「ふふふっ」

終盤戦になるにつれて、雑談からリバーシの内容についての話になる。

そんな二人は会話を途切れさせることなく、何十分も柚乃の部屋で楽しい時間を過ごしたのだった。

そんな二人だからこそ、気づかなかった。

帰宅した柚乃がドアに寄りかかり、目を細めながら会話を盗み聞きしていたことに。

とある休日の11時。

「ナイスナイス綾《あや》っち！　そのカバーは神!!」

「リナさんこそ～！」

綾もといAyayaは、プロゲーミングチームAxcis crownのメンバー、リナと一緒にABEXをプレイ中だった。

漁夫を狙った敵の攻撃。その危機を乗り越えたこのチームは、そのままチャンピオンロードを走り、無事に一位を勝ち取っていた。

そんなプロの二人はホーム画面に戻り、普段通り仲の良い会話を続けるのだ。

「さてさて、調子を確認できたところで予定通り同時配信しちゃおっか。休日だからたくさん人も来てくれると思うしさ？」

「うんっ！　今日はよろしくね！」

「もちよー」

端整な顔を出し、コミュニケーション力が長《た》けていることに加え、高い頻度で配信しているリナは、チャンネル登録者数60万人を誇る22歳である。

『オタクに優しいギャルさん』なんて呼び名もある彼女を知らないABEXプレイヤーは

ごく僅かだろう。

そんなリナと一緒に今日はコラボ配信の約束をしていたのだ。

「あ、配信の前に！　チャンネル登録者数40万人おめでと、綾っち。最近グングン伸びてるじゃん!!」

「ありがとう！　少し前まで停滞気味やったっちゃけど、鬼ちゃんとコラボしてばり増えたとよ！」

「シスコンの鬼ちゃんね！　あの人の人気、マジヤバいよね。毎回Twitto《ツイット》のトレンドに上がってるし、登録者もバンバン増えてるっしょ？」

「うんっ！　ABEX配信者で今一番勢いがあると思う！」

「実際あの放送事故はインパクトあったからねえ。キャラ崩壊も面白いし」

ゲーミングチェアの上であぐらをかくリナは、クスクスと笑いながら金色の髪を揺らす。

そして、彼と関わりのある綾にこんな言葉を投げかけるのだ。

「いやぁ、鬼ちゃんってホント賢いよね。放送事故後の対応も100点満点だし、燃料投下するタイミングも上手《うま》いし」

「えっと、上手いって……？」

「あれ？　今回爆《あお》伸びしたのって全て鬼ちゃんが考えてたシナリオじゃないの？　鬼ちゃんは最初から煽りキャラには見切りをつけてて、キャラ変更することは予《あらかじ》め決めてたみたいな」

「ううん、それが違うとよ」

「んえっ？　煽りキャラに戻れないようなネタを自分から出してたのに!?」

「ふふ、悪く言うつもりはないっちゃけど、鬼ちゃんってばり抜けとるけん、元に戻ろうと一生懸命頑張った結果がそれやとよ」

嫌味を含んだ『ばり抜けとる』ではない。微笑《ほほえ》ましく思いながら口にしている綾である。

「待って。じゃあ賢いわけでも、最初から考えてたわけでもなくて、ただただ自爆し続けてただけってこと？」

「そう!!」

「いやいや、ええ……。それめっちゃポンコツじゃん」

鬼ちゃんのことを打算的で賢い配信者だと感心していたリナは、眉をピクピクさせながら素直な感想を漏らしていた。

「それならより大変だったっしょ……。そんなに不器用なのに、煽りキャラを作り続けたわけだから」

「煽りの台本をみっちり書いてると思うよ。あとはイメージトレーニングとか」

「誰も知らないところで尋常じゃない努力をしてるやつ、ね。物珍しい要素がないと最初は全然認知してもらえないしね」

「うんうん」

二人は最初からプロゲーミングチームに所属していたわけではない。

最初は個人で活動し、ある程度のチャンネル登録者を獲得した後に招待された側。

個人で認知力をつけた経験があるからこそ、努力の一端を理解することができるのだ。

「鬼ちゃんは本当に凄《すご》い人よ。妹さんの学費を貯《た》めるために誰よりも頑張りよるもん。配信以外にもたくさんお仕事をして……」

大学に通いながら、配信で学費と生活費を稼いでいる綾だからわかるのだ。同じような境遇で家族まで支えている鬼ちゃんは本当に凄いことをしていると。

「確かに家族のためにそこまで頑張れるって、めっちゃカッコいい中身してんよね」

「これは内緒やっちゃけどね、鬼ちゃんは容姿もカッコいいとよ。うち的には一番！」

「オフ会に引っ張りだこの綾っちがそこまで言うとはねえ」

「それから笑顔も素敵で！　ばり優しくて！　他にも——」

気になっている人のことは自慢したくなる。

その想いが前に出てしまったように、饒舌《じょうぜつ》になってしまう。

「え？　綾っち鬼ちゃんとデキてんの？」

「なっ、なななななんでそうなると!?」

「だってめっちゃ嬉《うれ》しそうに話すし、めっちゃ褒めるし、鬼ちゃんの時だけテンションが明らかに他と違うし、顔も知ってるとなればそうなるじゃん」

「それは違うっ！　顔を知ってるのは鬼ちゃんと偶然会ったからでっ!!」

残念ながら、焦れば焦るだけ、弁明すれば弁明するだけ信憑性《しんぴょうせい》が増していく。

リナの中ではもう確定的なものになっていく。

「大丈夫だって綾っち。こんな派手な見た目してるあたしだけど、口はめっちゃ堅いし、このプロチームは別に恋愛禁止でもないんだから。綾っちの年なら一般的に彼氏作ってズッコンバッコンしてるっしょ」

「んな……」

予想もしなかったパワーワード。及び耐性のない下ネタ。

そんなこと一度もしたことがない綾は、顔を真っ赤にして言葉を詰まらせる。

「もしかしてこっちに引っ越した一番の理由って、リアルで鬼ちゃんに会ってむふふしたかった的な？」

「っ！　だ、だだだ大学進学に決まっとうやろ!!」

「ひひ、そっかそっか」

「も、もー！　絶対誤解しとる……」

最悪のタイミングで噛《か》んでしまったことで誤解を生んでしまうのは仕方ないだろう。

この空気ではなにを言っても信じてもらえないと悟った綾は、最終奥義を使う。

「も、もし誰かにこのことを言ったら……リナさんの秘密言いふらすけんね」

「わかってるって。にしてもあたしも鬼ちゃんのこと気になってきたなー。ってことで、今度３人でコラボしよっか」

「イーヤ！」

断固拒絶を示す綾の声が飛ぶのだった。

∮

「ハ、ハ……ハクシュン！」

同時刻。春斗がソファーの上で大きなクシャミをすると、後ろから柚乃《ゆの》が近づいてくる。

「お兄ちゃん風邪？」

「いや、なんかいきなり」

「じゃあ誰かがお兄ちゃんの噂《うわさ》してるんだろうね」

「あはは、そうだとしたら絶対悪口言われてるなぁ」

「痩せ我慢しちゃって」

両手を腰に当てて目を細める柚乃に対し、首を横に振る。

「いろいろ言ってもらえるうちが花だからね。もっと有名になれるように頑張るよ」

「頼もしいお兄ちゃんで。よしよし」

「……ゆー？　20歳になる兄の頭を撫《な》でるのはちょっと違うような」

上を見上げれば、目が合う。

「ね、今日のご飯はなにがいい？　リクエストしていいよ」

「本当!?　それじゃあ手間がかかっちゃうけど……ハンバーグが食べたいな。チーズの載ったハンバーグ」

「わかった」

「あ、手伝いたい」

「じゃあコネコネはお兄ちゃんの担当ね」

「俺、焼きたい」

「お兄ちゃんは焦がすからダメ。コネコネして」

「は、はい……」

本日チャンネル登録者数20万人を超えた男は、相も変わらず妹に敵《かな》わないのであった。

あとがき

初めましての方は初めまして！

お久しぶりの方は大変お世話になっております！

この度は『煽《あお》り系ゲーム配信者（20歳）、配信の切り忘れによりいい人バレする。』をお買い上げいただき本当にありがとうございます！


本作……どうでしたでしょうか。

『煽り系』という題材ですので、合う、合わないがハッキリする作品になっているのかなと感じておりますが、目一杯の力を尽くして頑張りましたので、最後まで楽しくお読みいただけましたら幸いです。


そんな本作に、素敵なイラストで華を添えてくださったイラストレーター様の麦うさぎ先生、本当にありがとうございます！

ラフ絵と完成絵、どちらもワクワクしながら届くのを楽しみにしておりまして、拝見する度に活力になっておりました。

また今作に関わってくださった担当様や校正様、オーバーラップ様も含めまして感謝いたします。

初めてのレーベルということで不安も多々ありましたが、素早いサポート等いただき、自信を持って作品を世に出すことができました。

ありがとうございました！

それでは最後になりますが、数ある作品の中から本作をお手に取ってくださり、本当に恐縮の限りです。

次巻は綾《あや》が所属しているプロゲーミングチームのメンバーを絡めた展開を考えております。

また新キャラクターの登場予定もありますので……続刊ができますことを祈りまして、あとがきの方を締めさせていただきます！

夏乃実

作品のご感想、
ファンレターをお待ちしています

あて先
〒141-0031
東京都品川区西五反田 8-1-5 五反田光和ビル4階
ライトノベル編集部
「夏乃実」先生係／「麦うさぎ」先生係

煽り系ゲーム配信者（20歳）、配信の切り忘れによりいい人バレする。1

発　行　2023年11月25日　初版第一刷発行

著　者　夏乃実

発行者　永田勝治

発行所　株式会社オーバーラップ
〒141-0031　東京都品川区西五反田 8-1-5

校正・DTP　株式会社鷗来堂

印刷・製本　大日本印刷株式会社

Printed in Japan　ISBN 978-4-8240-0651-6 C0193

オーバーラップ　カスタマーサポート
電話：03-6219-0850／受付時間 10:00〜18:00（土日祝日をのぞく）

オーバーラップ文庫
現役JKアイドルさんは暇人の俺に興味があるらしい。
大人気アイドルと過ごす“0距離”の放課後
高校生の閑原航は放課後を自由に過ごす暇人だった。何にも縛られないって最高。毎日気ままに生きていた航はしかし、同じクラスの絶大な人気を誇る現役JKアイドル・桜咲菜子に突然声をかけられて!?　人気アイドルと暇人の高校生が紡ぐ日常胸キュンラブコメディ!
著 星野星野　イラスト 千種みのり
シリーズ好評発売中!!

オーバーラップ文庫
10年ぶりに再会したクソガキは
清純美少女JKに成長していた
元・ウザ微笑ましいクソガキ、
現・美少女JKとの
年の差すれ違いラブコメ、開幕！
東京のブラック企業を辞め、地元に帰ってきた有月勇（28）。故郷で新たな生活を始めようと意気込む矢先、出会ったのは一人の清純美少女JK。彼女は勇が昔よく遊んでやった女の子（クソガキ）の一人、春山未夜だった――のだが、勇はその成長ぶりに未夜だと気づかず……？
著 館西夕木 イラスト ひげ猫
シリーズ好評発売中!!

オーバーラップ文庫
ネットの『推し』と
MY FAVE PERSONS MOVED INTO CONDOMINIUM WHERE I LIVE.
リアルの『推し』が
隣に引っ越してきた
VTuber・声優・幼馴染——
『推し』たちが家にいる夢のような生活
大学生・天童蒼馬が住むマンションに、突如大人気VTuberとして活躍する林城静と、アイドル声優の八住ひよりが引っ越してきた。偶然にも二人は蒼馬の『推し』たちだった!! 喜ぶ一方、彼女たちと過ごす日常は波乱に満ちていて……!?
著 遥 透子 イラスト 秋乃える
シリーズ好評発売中!!

オーバーラップ文庫
COMIC GARDO
コミックガルド
にて
コミカライズ!
俺にトラウマを与えた女子達がチラチラ見てくるけど、残念ですが手遅れです
The girls who traumatized me keep glancing at me, but alas, it's too late.
このラブコメ、みんな手遅れ。
昔から女運が悪すぎて感情がぶっ壊れてしまった少年・雪兎。そんな雪兎が高校に入学したら、過去に彼を傷つけてトラウマを与えてきた幼馴染や元部活仲間の少女が同じクラスにいた上に、彼のことをチラチラ見ているようで……?
著 御堂ユラギ　イラスト 緜
シリーズ好評発売中!!

オーバーラップ文庫
一生働きたくない俺が、クラスメイトの大人気アイドルに懐かれたら
第7回
オーバーラップ
WEB小説大賞
金賞
同級生で大人気アイドルな彼女との、
むずむず&ドキドキ必至な半同棲ラブコメ。
専業主夫を目指す高校生・志藤凛太郎はある日、同級生であり人気アイドルの乙咲玲が空腹で倒れかける場面に遭遇する。そんな玲を助け、手料理を振る舞ったところ、それから玲は凛太郎の家に押しかけるように!? 大人気アイドルとのドキドキ必至な半同棲ラブコメ。
著 岸本和葉　イラスト みわべさくら
シリーズ好評発売中!!

オーバーラップ文庫
ネトゲの嫁が人気アイドルだった
My wife in the web game is a popular idol.
～クール系の彼女は現実でも嫁のつもりでいる～
「私たちは恋人じゃないわ。——夫婦よ」
「えっ？」
同級生のアイドルはネトゲの嫁だった!?
悶絶必至の青春ラブコメ！
ごく平凡な男子高校生の俺・綾小路和斗には嫁がいる——ただしネトゲの。今日もそんなネトゲの嫁とゲームをしていたら、『私、水樹凜香』ひょんなことから彼女が、憧れだった人気アイドルだと発覚し!?　クールでちょっと愛が重い『嫁』と過ごす青春ラブコメ!
著 あボーン　イラスト 館田ダン
シリーズ好評発売中!!

オーバーラップ文庫
バズれアリス
【追放聖女】
応援《いいね》や祈り《スパチャ》が
力になるので
動画配信
やってみます!
【異世界⇒日本】
『聖女アリスの生配信』、
異世界より配信中!
無実の罪を着せられ、迷宮へと追放された聖女アリス。彼女は迷宮の奥で「異世界と繋がる鏡」を発見し、現代日本でレストランを営む青年・誠と交流を深めていく。そして異世界から動画配信をすることになるが、アリスの聖女の力と思わぬ相乗効果を発揮して……?
著 富士伸太 イラスト はる雪
シリーズ好評発売中!!

第11回 オーバーラップ文庫大賞
原稿募集中!
イラスト：じゃいあん
【締め切り】
第1ターン 2023年6月末日
第2ターン 2023年12月末日
各ターンの締め切り後4ヶ月以内に佳作を発表。通期で佳作に選出された作品の中から、「大賞」、「金賞」、「銀賞」を選出します。
その物語は、きっと誰かが好きな物語。
【賞金】
大賞…300万円
(3巻刊行確約+コミカライズ確約)
金賞……100万円
(3巻刊行確約)
銀賞………30万円
(2巻刊行確約)
佳作………10万円
投稿はオンラインで! 結果も評価シートもサイトをチェック!
https://over-lap.co.jp/bunko/award/
〈オーバーラップ文庫大賞オンライン〉
※最新情報および応募詳細については上記サイトをご覧ください。
※紙での応募受付は行っておりません。